KB261229

왕국

왕국

양윤옥 옮김

나카무라 후미노리 장편소설

자음과모음

차례

왕국　　7

작가 후기　235

1

가장 갖고 싶은 것은 내 손에 들어오지 않는다는 걸 깨달은 게 언제쯤이었을까.

스무 살 무렵인지도 모르고, 겨우 철이 든 어린 시절이었는지도 모른다. 사람들을 항상 노려보기만 하던 나와는 아주 먼 곳에, 그것은 있었다. 구체적인 뭔가가 아니다. 그것은 살갗을 얼얼하게 달구고 온갖 룰을 무시하고 도덕이나 윤리마저 뛰어넘어, 당연한 듯이 내게 주어진 인생을 뿌리째 뒤엎을 만한 뭔가였다. 지금도 나는 그것을 갖고 싶은 것일까. 만일 그것이 내 손에 들어온다면 무엇을 할까.

파란 조명 빛을 받은 눈앞의 남자가 내게 시선을 던진다. 그 눈에 서서히 열기가 더해가는 것을 나는 웃으며 바라본다. 남자는 한순간 시선을 내 가슴 쪽으로 던진 뒤에 다시 얼굴로 되돌린다. 남자는 여유 있는 척하며 한 걸음씩 다가온다.

"…… 설마, 창녀였다니."

정확히 말하면 창녀가 아닌데도 나는 미소를 짓는다. 남자의 손가락에 내 손가락을 휘감는다.

"하지만 내 맘에 든 사람이 아니면 말을 붙이지 않아요. 멋있으세요. 텔레비전에서 본 것보다 훨씬 더."

남자의 몸에 내 몸을 맞대고 목덜미에 입을 맞춘다. 남자의 손을 다정하게 잡아 내 가슴에 댄다. 남자가 조심스레 내 가슴을 더듬는다. 나는 아직 감이 온 것도 아닌데 목소리에 가쁜 숨소리를 섞으려고 한다.

"이런저런 거, 다 잊어버려도 괜찮아요. …… 나를 당신이 원하는 대로 하세요. 으응, 당신이 원하는 대로……."

남자의 체온이 올라간다. 인간이 항상 정상적인 판단력을 유지하는 것은 아니다. 의식이 뒤흔들렸을 때, 인간은 무방비 상태가 된다. 내 가슴을 더듬는 손이 거칠어지는 게 느껴진다. 나는 남자의 입술을 손끝으로 어루만지며 입에 알약을 넣었다.

"…… 뭐지?"

"가벼운 거, 비아그라 같은 종류예요. 약국에서도 파는 건데, 아주 좋아요."

짧은 스커트 아래로 나온 다리를 남자의 다리에 힘껏 휘감는다. 남자의 목에 입을 맞추고 팔을 휘감아 매달리며 "해줘, 해줘"라고 속삭인다. 남자가 알약을 삼키는 기척이 목에 댄 내 입술을 통해 느껴진다. 남자가 거칠게 나를 침대에 쓰러뜨린다. 정신없이 덤벼드는 남자의 몸을 품에 가득 안고, 그를 지배한 것만 같아서 나는 몸이 뜨거워진다. 그는 이제 물러설 기미가 없다. 나는 장난치는 척하면서 키스를 피해 남자의 목을 팔로 껴안는다. 내 가슴에 얼굴을 파묻는 남자의 머리를 다정하게 쓰다듬는다. 남자가 그대로 움직임을 멈출 때까지.

손의 움직임이 서서히 느려지는 남자를 멍하니 바라본다. 이상하다는 듯 나를 쳐다보는 그 닫혀가는 눈에, 나의 배신에, 다시 몸이 뜨거워진다. 나는 그의 귓가에 천천히 입을 가까이 댄다. "괜찮아요. …… 독약은 아니니까."

방의 파란 조명이 악의를 품은 빛을 내뿜는다. 움직이지 않는 남자의 몸무게를 느끼며 나는 눈을 감은 그 얼굴을 잠시 쳐다본다. 조금 전까지의 열기, 나이에 비해 근육이 탄탄한 어깨와 자연스럽게 그을린 얼굴에 내가 약간의 욕망을 느끼는 것을 깨닫는다. 남자의 몸 밑에서 빠져나와 의자에 앉아 담배에 불을 붙였다. 남자의 잠이 깊어질 때까지 이렇게 하고 있어야 한다. 바깥은 비가 내리고 있다.

남자의 몸에서 피어오르는 고요함에 빗소리가 겹쳐진다. 그의 하늘색 와이셔츠를 조심스럽게 벗겨내고 하얀 탱크톱도 둘둘 말아 목 위로 빼냈다. 햇볕에 그을린 남자의 가슴팍은 내가 예상했던 대로 두툼하다. 나는 블라우스를 벗어 상체는 속옷만 입은 차림새로 선글라스를 꼈다. 침대 위에서 상반신을 벌거벗은 남자 옆에 다가가 그의 팔베개에 머리를 얹은 자세를 만들고 반듯하게 누운 채 사진을 연달아 찍고 이어서 동영상도 찍었다. 예전에 정치인으로 활동하던 때라면 그나마 이해가 되지만, 왜 이제 새삼 이런 텔레비전 사회자의 이런 사진이 필요한지, 나는 모른다. 바에서 그저 평범하게 술을 마시는 것처럼 보였을 내가 사실은 줄곧 그를 지켜보고 있었다는 걸 이 사람은 꿈에도 생각하지 못했을 것이다. 남자의 옷을 조심스럽게 다시 입혀놓으면 내가 의뢰받은 일은 끝난다. 이 사람은 한 가지, 인생에 약점이 생긴 셈이다. 그의 지갑에서 지폐만 빼내 내 지갑에 챙겨 넣었다. 요정의 영수증이며 스포츠센터 회원 카드가 보였다. 다시 담배에 불을 붙이고 호텔 메모지에 메시지를 썼다.

'카드는 손대지 않았어요. 매춘은 범죄예요, 잘 아시죠?'

창녀는 범죄적 존재라서 나를 돈으로 사려고 했던 그 역시 범죄자가 된다. 그는 범죄라는 장소에 유혹당한 것이다. 그런 그에게 사회적인 지위가 있을 경우, 누가 기껏 이 정도 돈에 경찰서로 찾아갈까. 그는 이 메모를 읽고 돈을 빼앗긴 것뿐이라고 생각할 것이다. 사실은 그게 아닌데.

호텔 방의 푸른 조명은 아직도 악의를 품은 빛을 내뿜는다. 그 빛은 대체 무엇을 비추는 걸까. 결혼반지를 끼고 있으면서 나를 사려고 한 그의 추저분한 악일까. 아니면 나,

바로 나라는 인간의 존재일까.

욕실에서 화장을 꼼꼼히 고치고 코트를 입고 방을 나섰다. 빌딩 틈에 섞여 있어서 그다지 눈에 띄지 않는데도 실내 디자인만은 호화로운 러브호텔. 엘리베이터에서 내려 프런트를 지나가자 사이토가 "수고하셨어요"라고 인사를 건넸다. 이런 호텔이라서 손목밖에 보이지 않지만 그는 무척 잘생긴 얼굴이다.

"응. 혹시 소란 피우면 잘 부탁해."

"괜찮을 거예요."

거대하고 천박한 샹들리에에 기분이 좋아졌다. 그런 야한 것들은 세상을 우습게 여기는 것처럼 보인다. 호텔을 나서자 심야의 거리를 걷는 남자들이 내게로 시선을 던진다. 다양한 감정을 품은 시선이 다양하게 교차한다. 나는 그 시선 속을 천천히 걷는다. 호텔 옆에는 당연한 일처럼 검은 차가 서 있다. 네온 빛을 반사하는, 혹은 튕기는 것처럼 보이는 차종을 알 수 없는 고급 차. 나는 차 문을 열고 안으로 들어갔다. 안은 난방조차 되어 있지 않았다.

운전석에 앉은 남자는 내가 들어가도 아무 말도 하지 않는다. '야다'라고 자신의 이름을 밝혔었지만 분명 본명이 아닐 것이다. 내가 디지털카메라를 보여주자 그는 무심히 받아서 작은 서류 가방에 넣었다. 야다는 눈이 작고 얼굴은 평범하지만 손가락이 아름답다.

"호텔로 들어가는 동영상은 사이토에게서 받아요."

"…… 벌써 받았어."

차 안이 훨씬 더 춥다. 밤의 소란스러움으로부터 이곳은 격리되어 있다.

"근데 왜 텔레비전 사회자를?"

"캐묻지 않는 게 너의 장점이잖아. 이 말, 기억해두는 게 좋을 거야."

돈 봉투를 받았다. 하지만 나에게 이런 건 이미 필요하지 않다.

차 밖으로 나와, 액셀을 밟고 떠나는 차에서 등을 돌리고 밤거리를 걸었다. 남자가 나를 혀로 핥던 순간의 열기가, 그리고 내가 그를 배신하던 순간의 열기가, 아직 내 몸에 남아 있다. 낯익은 영업 사원들이 내게 인사를 건넨다. 호텔 앞에서 어느 중국인 여자가 손님과 흥정을 하고 있다. 젊은 여자와 걸어가는 나이 든 남자가 있고, 젊은 남자와 걸어가는 나이 든 여자가 있다. 천박하고 외설스러운 네온 불, 세상을 우습게 여기는 빛. 밤은 인간의 욕망을 구체화한다. 내면에 꽁꽁 숨어 있던 욕망을 해방하라고 밤은 인간에게 허락한다.

머리 위에는 네온 불빛까지 비춰주는 달의 광채가 있었다. 해가 저문 뒤에도 그 불빛을 훔쳐내고 우리 같은 존재를 비춰주는…… 달.

2

잠에서 깨어나자 눈 속에 잔상이 보였다.

빨강에서 초록이 되고, 그림물감을 내던진 듯 어른거리는 무심한 흔적들. 눈을 감아도 투명하게 보이면서 뒤흔들렸다. 어떤 꿈인지는 잊었지만 내 안의 저 밑바닥에서 스며 나온 어떤 얼룩 같다고 생각했다. 하지만 머리맡의 불이 켜진 채였기 때문에 그 빛의 잔상이라는 것을 깨달았다. 이 방은 쓸데없이 크다. 나는 가슴팍에 땀을 흘리고 있었다.

텔레비전을 켜자 어제 사진과 동영상을 찍었던 사회자가 나왔다. 그는 잘 웃고 잘 떠들고, 별반 달라진 기색도 없다. 흥미가 느껴지지 않아 스위치를 껐다. 언제부터일까, 나는 텔레비전의 요란한 자막을 따라갈 수 없게 되었다.

샤워를 하고 주방에 나가, 사두었던 빵을 반쪽만 먹었다. 시계는 열여덟시를 가리키고 있었다. 애완동물이라도 기르라고들 말한다. 방의 넓이가 내가 혼자인 것을 강조하는 것처럼 보이는지도 모른다. 하지만 나는 더 이상 내 곁에서 생명이 사라지는 것을 감지하고 싶지 않다. 에리와 그 아이가 죽은 뒤로 나는 생명에 민감해졌다. 생명은 끔찍하다.

평소보다 공들여 몸을 씻은 것 같다. 이제부터 하세가와를 만나러 간다. 며칠 전, 역 개표구 앞 계단을 내려올 때 그는 돌연 뒤에서 나를 불러 세웠다. "유리카 씨예요?"라고 물어서 순간적으로 거짓말을 하려고 했을 때, 그는 스스로 '하세가와'라는 이름을 밝혔다. 곧바로 기억난 것은 하세가와가 파란 다운재킷을 입고 있었기 때문이다. 그 다운재킷과 하세가와가 예전에 항상 입고 다니던 똑같은 색깔의 점퍼가 겹쳐졌다. 우리는 같은 아동 시설에서 살았고, 파란 다운재킷은 누군가의 헌옷이지만 그가 입으면 색깔이 선명해졌다. 그전에는 누구 옷이었는지 모르지만 아마 원래 입었던 사람보다 더 잘 어울렸을 것이다. 우리는 초등학생이었다.

“어른이 되면…….” 하세가와는 언젠가 그런 말을 한 적이 있다. “다들 깜짝 놀랄 만큼 성공하자. 그때까지 기죽기 없기.”

그나저나 그런 식으로 사람을 덜컥 만날 수도 있는 걸까. 나는 방을 나섰다. 잠깐 망설이다가 부적 삼아 나이프를 가방에 넣었다. 되도록 노출이 적은 옷을 골랐지만 반지며 귀걸이는 내가 좋아하는 것들로 했다. 하늘에는 달이 있었다.

그가 정해준 곳은 이케부쿠로의 주점, 수많은 손님으로 넘쳐나고 있었다. ‘좀 지저분한 가게지만 아주 맛있어.’ 하세가와에게서 그렇게 문자가 왔었는데 정말 별다른 장식도 없고 테이블도 카운터도 힘겨운 듯 흠집이 나 있었다.

부연 담배 연기가 가득한 가게 안에 술에 취한 수많은 인간들이 움직였다. 왠지 모르겠지만, 죽은 뒤의 세계가 이렇다면 어떨까 하는 생각이 들었다. 어딘가의 장소에서 그들은 언제까지나 부연 연기 속에서 술에 취하고 노래하며, 슬금슬금 사라지는 것도 깨닫지 못한다. 하지만 그런 거라면 어린아이의 자리는 어디에 있을까. 어린아이는 술에 취할 수 없으니 사라져가는 자신을 계속 의식해야 할 것이다.

안쪽 테이블에서 하세가와가 내게 손을 번쩍 들었다. 파랗고 선명한 다운재킷. 그 아동 시설에서 내가 가장 말을 많이 나눈 사람은 어쩌면 그였는지도 모른다. 하긴 그렇다고 해봤자 내가 워낙 말수가 없어서 둘이 나눈 대화는 무척 적었을 것이다. 그러고 보니 그는 달리기를 정말 잘했었다. 반가운 마음은 있지만 그 이상의 감정이 솟구치지 않는 것은 내가 메말랐기 때문일까. 나는 웃는 얼굴로 그쪽 테이블에 다가갔다.

"유리카 씨, 라고 불러도 괜찮지?"

"됐어, 그냥 유리카라고 해도."

"그래도 너무 오랜만에 만났는데."

맥주를 마시고 하세가와가 주문한 닭 꼬치구이며 뭔지 푹 조린 요리를 바라보았다. 맛있다는 듯 천진하게 먹는 그의 모습을 보면서 분명 인기가 있겠다고 생각했다. 손톱을 짧게 깎은 손가락이 가늘어서 아름답다. 뭔가를 뚫고 나온 강한 의지가 얼굴에 배어 있는데도 돌연 무방비하게 어린애처럼 웃는다. 그 무렵과 하나도 변하지 않은 것처럼 보였다. 지금도 달리기를 잘할까.

"저기." 나는 마음에 걸렸던 것을 그에게 물었다. "어떻게 나라는 걸 알아봤어? 그렇게 사람이 많은 데서."

"걸음걸이!"

하세가와는 뭔가를 꿀꺽 삼키고 나서 다정하게 나를 바라보았다.

"사실은 지난주에도 같은 자리에서 한 번 봤었어. 근데 그때는 긴가민가해서 말을 붙이지 못했지. 유리카 씨, 성큼성큼 걷잖아. 그 기세에 사람들이 다들 피하고. 하지만 오만한 게 아니라 뭐랄까, 어서 빨리 이곳을 벗어나고 싶다고 할까, 겁이 많아서 오히려 강하게 나가는 듯한 걸음걸이라서……."

그는 그렇게 말하고 웃었다.

"옛날부터 그랬지. 겁쟁이면서도 지는 건 싫어했어."

지금의 나는 이미 겁쟁이조차 아닌지도 모른다. 겁이 많다는 건 살아갈 의지가 많다는 것과 똑같은 뜻이니까.

"나는 요즘 관광객 상대로 통역을 하고 있어. 그리고 주말에는 그 아동 시설에 가서 일하고 있고. 그냥 자원봉사야. 거기서 들었어, 쇼타 얘기."

가슴 깊은 곳이 희미하게 출렁 흔들렸다. 몸속이 꺼끌꺼끌하게 아프다.

"자기 아이도 아닌데, 유리카 씨 정말 대단해. 아니, 대단하다고 할 일은 아닌가. 그래도 그렇게 큰돈을……. 다들 깜짝 놀랐어. 아, 미안……."

나는 미안해할 것 없다는 뜻을 보여주기 위해 웃음을 던졌다. 그가 당황하는 걸 보니 내가 어떤 표정을 짓고 있었는지 알 것 같다. 나는 극복하지 못했다, 아직.

술에 취한 수많은 손님들의 모습이 부연 연기에 점점 흐릿해진다. 죽은 뒤에 냉혹한 무(無)밖에 없는 것이라면 이 세상에 과연 무슨 의미가 있을까.

"아냐, 신경 쓸 거 없어. …… 그렇구나, 그 아동 시설 일을 거들고 있는 모양이네. 대단하다."

"아니, 그런 건 아니고……. 그래서 말인데, 유리카 씨도 오면 좋겠다 싶었어, 그 이야기 듣고. 그러면 주말마다 만날 수도 있고."

그를 지그시 바라본다. 선량해 보이는 그 눈빛에 문득 몸이 뜨거워진다. 지금 내가 테이블 밑에서 내 다리를 그의 다리에 휘감는다면, 어떤 표정을 지을까. 나를 선량하다고 착각하는 그를 나는 박살 내고 싶은 모양이라고 생각한다. 어린 시절에 아무것도 모르는 상태에서 이 세상에 내동댕이쳐진 내 곁에 있어주었던 그를, 그런 그를, 그 아름다운 추억과 함께 통째로 더럽혀버리고 싶다고 생각한다. 그는 내가 그런 여자라는 것에 실망하고, 하지만 결국은 나와 자려고 할 것이다. 그라면 괜찮을지도 모른다. 하지만 그의 품에 안겼을 때의 열기와, 그를 내게 푹 빠지게 한 뒤에 배신해버려서 선량한 그의 생활을 망가뜨렸을 때에 느낄 열기, 어느 쪽이 더 뜨거울까.

나는 내 상상에 혐오감을 느끼고 그에게서 눈을 돌렸다. 최소한 그 아동 시설에 있었던 사람들을 그런 식으로 생각하고 싶지는 않다.

"……해서 거절하긴 했거든. 근데 바로 근처에 와 있다고 해서…… 오라고 해도 될까?"

그가 계속 이야기하고 있었다는 것을 깨닫는다. 갑작스

럽게 가게 안의 소란스러운 소리가 귀에 들어온다.

"…… 누구를?"

"응? 아, 그러니까 새로 온 원장 말이야. 우리 때는 니시다 씨였고, 쇼타 때는 가타오카 씨였잖아? 지금은 곤도 씨라는 사람이야. 유리카 씨를 만날 거라고 말했더니 자기도 만나고 싶다고 하더라고. 쇼타 얘기 듣고서 우리 아동 시설 출신 중에 그런 사람이 있다면 꼭 만나고 싶대. 좋은 사람이야. 시간만 괜찮으면 유리카 씨도 좀 도와주러 와."

나는 그때부터 왠지 머리가 멍해져서 힘들었다. 그 곤도라는 사람이 가게에 들어왔을 때도 나는 제대로 인사도 하지 못했다. 곤도는 갈색 재킷을 입고 검은 모자를 쓰고 키가 크고 어깨 폭이 넓은 체격으로 조그만 의자에 앉아 있었다. 왜 이제 와서 그 아이 일을 아는 사람들이 이렇게 갑자기 내 앞에 나타나는 걸까. 나는 자꾸 흐트러지는 감정을 감추려고 하면서 곤도에게도, 하세가와에게도 어쩔 수 없이 웃음을 던졌다.

곤도는 나를 이러니저러니 칭찬하고, 그럼 딱 한 잔만 마시겠다면서 맥주를 주문했다. 곤도가 나를 빤히 쳐다본다.

겉모습은 약간 위압적이지만 아동 시설의 원장을 할 정도니까 뿌리부터 선량한 사람이리라. 그들이 내가 지금 하고 있는 일을 안다면 어떤 얼굴을 할까. 가게 손님들의 담배 연기로 주변이 다시 부옇게 흐려져간다. 곤도는 현재의 아동 시설 상황이며 입소한 아이들에 대해 내게 말했다. 귀를 막고 싶다. 감정이 흐트러져서 상대를 제대로 바라볼 수가 없다. 왠지는 모르겠지만 이런 남자는 대하기가 껄끄럽다. 나는 애매하게 미소만 짓는다.

"자, 그러면 하세가와와의 연애를 방해하는 것도 미안하니 나는 이만."

하세가와가 어쩔 줄 모르고 난처한 표정을 보이자 곤도는 슬그머니 웃으며 지폐 몇 장을 꺼냈다. 나는 여전히 감정이 없는 미소만 지었다. 그리운 따스함. 선량한 사람들. 하지만 나는 그 따스함에서 이미 꽤 멀리 떨어져 나와 있다.

"칫, 사람 난처하게⋯⋯. 항상 저래. 얼른 얼굴 내밀었다가 얼른 가버리고. 뭔지 못 알아들을 소리도 잘하고."

"하하, 그래도 재미있는 사람이야."

"응⋯⋯. 정말로 시간만 괜찮으면 주말에 놀러 와. 차림새는 저래도 좋은 사람이거든. 곤도 씨가 기뻐할 거야.”

그가 어물어물 말하면서 귀를 긁적인다. 문득 심장의 두근거림이 빨라져서 어떻게든 침착해지려고, 지금까지 참고 있던 담배를 나도 모르게 찾는다. 잘못 본 것일까. 다시 하세가와를 찬찬히 보았지만, 뭐가 뭔지 잘 모르겠다. 수줍어서 말을 어물거렸을 터인 그의 눈빛이 몹시도 차가웠다. 그 표정이 한순간, 전혀 본 적도 없는 타인으로 보였다. 왜 이런 사소한 일에 나는 갑자기 이토록 동요하는 걸까. 나는 왠지 그를 마주하고 긴장하기 시작한다. 하지만 미소를 지으며 그에게 들키지 않도록 짧게 숨을 들이쉰다. 나는 입을 열었다.

“혹시 생각나? 아동 시설 창고에서 키스했던 거.”

그가 다정하게 나를 보며 입을 연다.

“응……. 지금 생각하면 창피하지만.”

이 사람이 무슨 소리를 하는 건가. 우리는 그런 짓을 한 적이 없다. 심장의 두근거림이 빨라진다.

***

역까지 바래다준다는 그를 거절할 수는 없었다. 내가 가진 기억에 점점 자신이 없어진다. 하세가와하고는 아동 시설에서 자주 함께 지냈지만, 지금 다시 생각해보니 얼굴의 세세한 부분은 애매할 뿐 분명하게 생각나지 않는다. 그는 분명 하세가와지만, 만일 그가 이름을 대지 않았다면 나는 그가 하세가와라는 것을 금세 알아봤을까. 아동 시설에서 함께 지낼 당시의 다른 아이들을 생각해보았다. 얼굴은 떠오르지만 성장한 모습까지 상상하는 건 어렵다. 게다가 그는 왜 내 거짓말에 동조했을까. 기억나지 않는다는 것을 감추기 위해 그랬을까. 하지만 그보다 그가 하세가와가 아니라고 한다면, 대체 무엇 때문에 이런 짓을 하는 건가. 나는 뭐가 뭔지 알 수 없었다. 머리가 아파온다. 나는 모든 것을 지나치게 의심한다. 옛날부터 그랬다. 하지만 이렇게까지 의심하는 것은 병에 가깝다. 작게 숨을 내쉰다. 확실하지는 않지만 그에게는 분명하게 하세가와의 자취가 있는데.

하세가와에게 손을 흔들고 역 앞의 북적이는 사람들 틈

으로 들어섰다. 아직 열시인데 집에 돌아간다는 나를 부자연스럽게 생각하지는 않았을까. 사람이 많은 지하철은 되도록 타고 싶지 않다. 하세가와에 대해 다시 생각하면서 사람들 속에서 걸음을 옮긴다. 택시 승차장으로 향하려고 했을 때, 누군가 내 어깨를 쳤다. 깜짝 놀라 돌아보니 한 남자가 내 부적 나이프를 들고 있었다. 숨이 턱 막히면서 가슴 깊은 곳에 아픔이 내달린다.

"왜 이런 걸 갖고 다니지?"

남자는 검은 코트를 입고 있었다. 얼굴은 단정하지만 약간 여위었다. 어째서 그가 내 가방 속에 들어 있던 나이프를 갖고 있는 걸까.

"예? 뭐가요?"

"뭐, 됐어."

남자가 내게 나이프를 돌려주었다. 내 가방 입구가 어느새인가 열려 있다.

"그 갈색 재킷의 남자는 왜 만났지?"

"네?"

"기자키를 왜 만났느냐고."

이 남자, 대체 무슨 소리를 하는 건가.

"기자키? 내가 만난 사람은 곤도라는 사람이에요. 그나저나 느닷없이 무슨 소리예요?"

"곤도가 아니야."

남자가 값비싼 옷을 차려입고 있다는 것을 깨닫는다. 수상한 사람으로는 보이지 않았지만 손가락이 길고 눈빛이 어둡다. 그는 왠지 내 일에 관여한 자기 자신에게 답답해하는 것처럼 보였다.

"한 가지만 알려주지. 그 남자하고 관계를 맺지 않는 게 좋아."

"네?"

"…… 뭐랄까, 괴물이야, 그 사람은. 자, 그럼."

남자는 그렇게 말하고 북적이는 사람들 틈으로 사라지려고 했다. 나는 왜 그런지 그를 불러 세운다.

"이 나이프, 내가 떨어뜨린 게 아니라 당신이 내 가방에서 꺼내 갔어요?"

주위에서 다양한 사람들이 다양한 방향으로 움직여 간다. 남자가 말없이 나를 바라본다.

"…… 괴상한 방식으로 커뮤니케이션을 하시네요."

내가 그렇게 말하자 남자의 표정이 한순간 흔들린 것 같았다. 하지만 그대로 사람들의 움직임 속으로 사라졌다. 뭐가 뭔지 알 수 없었다. 그는 나를 다른 누군가와 착각하고 있다.

3

데이코쿠 호텔 6층 복도에서 나는 벽에 몸을 기대고 서 있다.

엘리베이터가 열리고 부루퉁한 얼굴의 여자가 내려선다. 아직 대학생쯤으로 보이는 앳된 얼굴이다. 파란색 짧은 데님 반바지에 검은 스타킹을 신고 있다. 아마 이 여자일 거라고 생각하고 나는 "고바야시 씨"라고 말을 건넸다. 몸을 팔기 전의 여자는 있을 리 없는 주위의 특별한 시선에 신경을 쓴다. 그것을 차단하듯이 음악을 듣고 있거나 줄곧 휴대전화 화면만 들여다본다. 하지만 이 고바야시라는 여자는 그냥 부루퉁하게 걷고 있었다. 그녀가 놀라서 내 쪽을 돌아보았다. 틀림없다. 나는 지시받은 대로 고바야시라는 여자에게 말한다.

"넌 이제 그만 가도 돼. 미야와키 씨가 이 손님은 나한테 대신 받으라고 했어."

"예?"

"미안. 이건 택시비. 재수 좋았네."

그녀는 매춘 클럽에 소속된 여자다. 나는 그녀와 비밀리에 바꿔치기해서 이 매춘 클럽 여자인 척하고 평소에 하던 일을 해야 한다. 나는 잘 알지 못하지만, 미야와키라는 사람은 아마 그 클럽의 매니저 같은 사람일 것이다. 그녀는 노골적으로 긴장이 탁 풀린 얼굴을 했다. 아직 이 일에 익숙하지 않은지도 모른다. 왜 이런 일을……. 그런 생각이 들었지만 그녀도 나를 보면서 똑같은 생각을 할 것이다.

선글라스를 벗고 방의 차임벨을 울리자 가운을 입은 남자가 문을 열었다. 야다에게서 받은 사진과 똑같은 남자였다. 독립 행정법인의 이사라는 것 이외에 이 남자에 대해 아무것도 알지 못한다. 그는 입술이 지나치게 두툼하고 코가 큼직하고 추하게 살이 찐 사람이었다. 허들이 높다. 지난

번의 그 사회자처럼은 못할 것 같다.

남자의 눈에서 번뜩이는 차가움을 보고 그가 사디즘 경향이 있다는 것을 알았다.

"…… 이봐."

남자가 방에 들어온 나를 보며 불만스럽게 말한다.

"무릎은 안 꿇어?' 너희 클럽, 그러기로 정해져 있잖아. 우선 들어오면 무릎부터 꿇고 잘 부탁한다고 해야지."

나는 얼굴에 불쾌감을 드러내지 않으려고 슬쩍 미소를 짓는다.

"…… 죄송합니다. 새로 들어와서 아직 잘 몰라요."

내 말에 남자가 반응하는 것을 깨닫는다. 남자는 왜 창녀에게 아마추어다운 것을 원하는 걸까. 나는 말을 이어간다.

"그러니까 많이 가르쳐주세요. 그리고 이건 클럽에서 보내준 서비스예요."

나는 영양 드링크제를 내민다. 라벨은 약국에 있는 고급 드링크제지만 내용물은 다르다.

"그런 거, 난 필요 없다고 몇 번이나 말했는데. 그런 거에 기대지 않아도 돼."

"그래도……."

나는 수줍은 표정으로 촉촉한 눈동자를 만든다.

"이거, 꽤 효과 있어요. 이 일, 나는 아직 잘 모르고 기왕이면 나도 즐기고 싶고……. 괴롭혀주었으면 좋겠다고 할까, 나는 그런 식으로 당하는 게 더……. 아이, 뭔가 부끄럽긴 하지만……."

남자가 욕정이 서린 눈빛으로 나를 쳐다본다. 추한 남자가 아무리 나를 원해봤자 불쾌할 뿐이다.

"그러니까 이거 드시고 좀 더 세게……."

이곳은 그쪽 러브호텔이 아니라서 최악의 상황이 되어도 프런트 직원 사이토의 도움을 받을 수 없다. 가방 속에서 전기 충격기를 움켜쥐었다. 어쩔 수 없으니까 그가 덤벼든다면 남자의 몸을 끌어안고 스위치를 누를 것이다. 하지만 남자는 바보처럼 드링크제를 마셨다. 병을 테이블에 내려놓은 남자는 입이 지르르 젖은 채, 웃으면서 내게 다가오려고 했다. 하지만 즉효성이 있는 약에 몸의 균형이 무너진다. 남자를 가볍게 침대에 밀치고 나는 조금 떨어진 소파에 앉는다. 남자는 버르적거리며 일어서려고 하지만 몸에 힘이 주어지지 않는다. 오만했던 남자는 이제 벌레처럼 보인다. 나는 소파에 앉은 채 담배에 불을 붙인다. 방 안의 조명은 오렌지색 불빛을 밝히고 있다. 잠 속으로 빠져드는 이 벌레와 부루퉁한 얼굴의 나를 비춘다.

담배를 피우면서 괴물이라는 말에 대해 생각했다. 내 부적 나이프를 가져갔던 그 남자가 왜 그런지 곤도에 대해 그렇게 말했었다. 같은 말을 예전에 에리에게서도 들었다. 나의 유일한 친구이고, 그 아이, 쇼타의 엄마였던 사람. 그녀도 죽고 그 아이도 죽고, 나는 또다시 혼자가 되었다.

에리는 나와 똑같이 도쿄에서 고급 클럽이라고 불리는 업소에서 일했지만 예전에는 나고야의 일류 식품 회사에서, 나는 잘 알지 못하는 대낮의 머나먼 세계에서 뭔가 일을 하고 있었다.

"몹시 불편했어. 엄청난 남성 중심 회사였거든. 그리 좋은 대학은 나오지 못했지만 내가 지고는 못 견디는 성격이라 열심히 노력해서 제법 높은 자리에도 올라갔어. 하지만 결혼도 안 했고 나이는 서른이 넘었잖아. 그런 것 때문에 아무 이유도 없이 자꾸 지저분한 소문이 나서……."

에리는 전에 그렇게 말한 적이 있다. 에리가 그 이야기를 한 것은 한밤중, 그녀의 방에서였다. 메쿠로에 있는 꾸밈새라고는 없는 줍디줍은 원룸. 재떨이에는 그녀가 자주 피우는 가느다란 담배가 있고 방 귀퉁이의 침대에는 쇼타가 잠들어 있었다. 그녀는 그때 서른여덟 살, 나보다 열두 살 위였다.

"그래서 그즈음에 남자를 사귀었어. 아직 이십 대의 젊은 남자. 나는 그때까지 이래저래 일에 시달리느라 오랫동안 남자는 멀리했지. 험한 꼴도 당했었고……. 하지만 그 남자는 달랐어, 쇼타 아빠는."

에리는 금세 사랑에 빠졌지만 처음에는 애써 그를 밀어내려고 했다. 자신이 상당히 연상이라는 핸디캡을 이겨내고 우위에 서기 위해 그렇게 얼버무리려고 했는지도 모른다. 그것은 에리의 두려움과 작은 자존심이었을 것이다. 그녀는 끈덕지게 설득을 당한 끝에 어쩔 수 없다는 듯이, 마치 그의 열의에 져버렸다는 식으로 그를 받아들였다. 하지만 한 번 같이 자고 두세 번 잤을 즈음에는 이미 에리는 그 남자의 여자가 되어 있었다. 에리는 자존심이고 뭐고 다 잊고 온몸으로 그 남자에게 빠져들었다. 사소한 일에도 자꾸만 그에게 매달리는 자신에게 위화감조차 느끼지 않았다.

"그러다가 청혼을 받았어. 현재만 괜찮으면 결혼까지는 못 해도 좋다고 나 혼자 마음먹고 있던 참에 받은 청혼이야. 그 남자와의 관계가 완전한 것이 되는 행복에 나는 두려움까지 느꼈어. …… 그 순간만큼 행복했던 적은 없었어."

남자의 직장은 도쿄에 있었다. 일류 회사는 아니지만 중견 광고 대리점에 근무하고 아직 젊은데도 뭔가 중요한 직책이 주어져 있었다. 키가 컸고 큼직한 눈이 이따금 어린애처럼 가늘어지곤 하던 사람이었다. 그다지 세련된 건 아니었어도 항상 상큼한 차림새였고 자동차 취향도 마음에 들었다. 도쿄와 나고야 간의 원거리 연애는 에리에게 힘든 일이었지만 남자 쪽에서 빈번하게 나고야에 와주었다. 그리고 남자는 에리에게 "결혼해서 도쿄에서 살자"고 말했다.

에리는 나고야의 회사에서 경력을 쌓아가는 데 허탈함을 느끼고 있었고 그만 지치기도 했던 참이라 사직하는 것에서 기쁨을 느꼈다. 결혼한다는 소식을 알리면 그 기분 나쁜 상사나 다른 여직원들이 어떤 얼굴을 할까. 에리는 더 생각할 것도 없이 남자의 청혼에 냉큼 고개를 끄덕였다. 남자는 에리를 끌어안고 다시 말을 이었다. "이상한 소문을 내고 다니는 놈들, 당신보다 젊은 여직원들 앞에서 난 결혼할 거라서 회사 그만둔다고 당당하게 말해."

남자는 그렇게 말하며 웃었고 에리는 최고의 행복 속에 빠져들었다. 십 년 넘게 다니던 회사를 그만두고 짐이며 가구를 정리한 뒤에 큼직한 가방을 들고 도쿄에 사는 남자의 맨션으로 이사했다. 결혼식 비용은 남자가 모두 내겠다고 고집을 부렸기 때문에 에리는 신혼여행 비용을 내기로 하고 신이 나서 고액의 투어 예약을 했다. 하지만 남자는 사실 회사에 다니지도 않았고 꽤 오래전에 결혼해서 아이까지 있었다. 에리가 이사한 집은 남자가 그날을 위해 일부러 빌려놓은 위클리 맨션이었다.

"대체 뭐가 어떻게 된 건지 알 수가 없어서 그 방에서 그를 마주하고 멍해져 있었어. …… 아니, 그렇잖니, 나는 회사도 그간의 경력도 팽개치고 가구 같은 것까지 모두 정리하고 몸 하나만 달랑 들고 도쿄로 왔어. 서른 살을 한참 넘긴 여자가 결혼할 생각으로……."

만일 그때 그 남자가 아내와 헤어질 용기도 없이 에리에게 이러니저러니 거짓말을 늘어놓고, 맨몸으로 터덜터덜 찾아온 에리를 절망의 눈빛으로 쳐다봤다면 에리는 그 남자의 한심함에 분노를 느끼고 그런 것에 속아 넘어간 자신에게도 분노를 느꼈을 것이다. 만일 그 남자가 에리를 갖고 놀았던 것이고, 터덜터덜 찾아온 에리를 보며 비웃었더라면 에리는 그 남자의 잔인한 천진함에 분노를 느끼고 그런 남자에게 빠져들었던 자신에게도 분노를 느꼈을 것이다. 하지만 그 남자는 달랐다.

"그 남자, 아주 진지한 표정으로 나를 쳐다보고 있었어. 그토록 진지한 그 사람의 얼굴은 그때까지 본 적이 없었어. …… 그 사람은 모든 것을 잃은 나를 보고, 더할 수 없을 만큼 우스꽝스럽고 비참한 나를 보고…… 가엾다면서 울었어."

에리는 뭐가 뭔지 알 수가 없었다. 왜냐하면 에리를 그렇게 만든 장본인이 그 사람이었기 때문에.

"그러고는 몸을 파르르 떨었어……. 나를 빤히 바라보면서……. 흥분해서 그렇다는 것을 알았을 때, 나는 정말 무서워서 꼼짝도 할 수 없었어. 속임수에 넘어가 비참하게 박살이 나서 한없는 절망에 빠져 있는 내 모습을 바라보면서 그 사람은 흥분해서 '지금의 네가 가장 아름답다'고 하는 거야. …… 그리고 나를 덮쳤어. 격하게 흥분해서 그 사람은 내 옷을 난폭하게 찢어발기고 나를 마구잡이로 능욕했어."

그렇게 말했을 때, 에리는 먼 옛날 일을 이야기하듯이 어딘가를 멍하니 보고 있었다. 에리가 피워 올린 하얀 담배 연기가 체념한 듯이 공기 속에 녹아들었다.

"그 남자의 섹스가 그토록 폭력적이었던 적은 한 번도 없었어. 비할 데 없을 만큼 비참하게 학대당한 여자를 상대로 하지 않으면 참된 욕망을 느끼지 못하는 사람 같았어. …… 팔을 비틀어 올리고 목을 수없이 세게, 세게 졸랐어. 내가 고통으로 헐떡거리자 그는 나를 동정의 눈빛으로 바라보고, 하지만 그러면서도 좀 더 큰 고통을 주려고 했어. 그는 나를 동정하면 할수록, 나를 비참하게 생각하면 할수록 점점 더 흥분했어……. 그는 그때까지 섹스에 대해서는 담백한 편이어서 오히려 별로 하고 싶어 하지 않았어. 하지만 그 모든 게 그날의 신선함을 유지하기 위해서였을 거야, 아마도……. 그 사람은 처음부터 그렇게 하는 게 목적이었고, 뭐랄까, 한마디로 괴물이었던 거야. 이 세상에 드물게 존재하는, 대부분의 사람들이 한 번도 만나는 일 없이 일생을 마치는, 진짜 괴물. 나는 공포로 꼼짝도 할 수 없었어……. 그리고 끔찍하게도, 무엇보다 끔찍하게도, 나는 느끼고 있었어."

에리는 그렇게 말하는 동안 술에 취해 있지는 않았다. 진지한 눈빛으로 나를 바라보았다.

"그때까지 어떤 섹스에서도 그토록 느꼈던 적은 없었다고 할 만큼. 나는 그때까지 섹스에 대해 평범한 편이었어. 나를 아프게 하면 느끼지 못했고, 이상한 취미의 남자는 싫었고, 기분이 내키지 않으면 야한 기분이 드는 일도 없었어. 그런데도 나는 울면서 수없이 수없이 느꼈어. 비참하고, 최악이고, 그런 속에서 나는 불이 붙은 것처럼 느꼈어. 이대로 계속 마구잡이로 당하면 뭔가에 도달한다고 생각했어……. 나도 잘 모르겠지만, 하얗고 멍한 뭔가가 왜 그런지 내 가까이에 있는 것 같았어. 인간 개개인의 본질 같은 것을 그곳에서 기다리고 있는 듯한 뭔가……. 내 가방에 달렸던 키홀더가 어느새 방바닥에 떨어져 있더라. 그와 여행 갔을 때 샀던, 추억 깊은 어느 지방의 캐릭터 키홀더. 그 환하고 평범한 키홀더가 정말 무시무시하게 보였어. 그 사람이 마시던 테이블 위의 유리잔의 물이, 침대에서 울리는 강한 진동에 흔들흔들, 조명 빛을 받으며 흔들리는 것을 나는 왜 그런지 내내 쳐다보고 있었어. 가습기의 희고 연한 수증기가 주위에 퍼져가고……. 그 사람은 나를 찍어 누른 채로 말했어. '네가 태어날 때부터 갖고 있던 성격도, 지금까지 어느 누구에게도 지기 싫어하던 인생도, 누군가에게 이렇게 당하기 위해서 있었던 것 같아'라고. 몸을 움직이는 그 사람 밑에서 내가 비참하게 우는 때에, 거의 미쳐버릴 만큼 무참하게 느끼고 있는 때에. '너를 본 순간에 네가 이렇게 될 최후를 상상하면서 줄곧 흥분했었어'라고. …… 나는 정말 뭐가 뭔지 알 수가 없었어. 그 사람은 웃고 있지 않았어. 너무도 진지한 표정으로, 섹스를 하면서, 자신이 느끼는 모든 것을 똑똑히, 계속해서 맛보면서……."

나는 무슨 말을 해야 좋을지 알 수 없었다.

"섹스가 끝나자 그는 나를 이상하다는 눈빛으로 쳐다봤

어. 마치 이토록 비참하게 능욕당한 여자가 왜 아직도 숨을 쉬는지, 왜 아직도 존재하고 있는지 이상하다는 듯이. 그리고 너덜너덜해진 나를 보고 그는 다시 가여워하며 울기 시작하는 거야. 그러고는 다시 서서히 흥분하기 시작했어……. 그가 나를 보면서 다시 숨이 거칠어지는 것을 나는 눈앞에서 멍하니 보고 있었어. 섹스가 끝났는데도 또다시 흥분하다니, 그다음에 내가 무슨 짓을 당할지 충분히 예상이 되더라. 미칠 듯한 공포감에 나는 그 방을 뛰쳐나왔어. 정확히 말하면 정신없이 도망쳤어."

에리는 그렇게 말하고 가만히 미소를 지었다.

"그렇다고 내 인생이 끝나버린 건 아냐. 나도 명색이 지방 도시의 남성 우위 사회에서 십 년을 버텨온 사람이잖니. 다시 직장을 잡아 요즘도 낮에는 회사에 다니고 있어. 더 이상 그런 섹스로 느끼는 일도 없어. 하지만 그런 괴물을 맞닥뜨렸을 때의 상처는, 그 증거처럼 도려내진 내 내면의 움푹 팬 자국은 결코 사라지지 않아. 그 사람은 내 안의 중요한 뭔가를 도려냈어. 당시의 직장이라든가 희망이라든가 행복이라든가, 그런 것이 아니라 좀 더 근본적인 나의 뭔가를. 그 사람은 나의 그것을 도려내서 분명하게 맛을 보고 내버렸어. 나는 더 이상 그 이전의 나로는 돌아갈 수 없어. 그런 일로 쾌락을 느낀 상처도, 그때의 어떻게도 할 수 없을 정도의 쾌락도 이제는 사라지지 않아. 괴물을 접한다는 건 그런 거야.”

에리는 방 한쪽에서 잠든 쇼타를 바라보았다.

“그 사람이 그 뒤에 어떻게 되었는지, 지금 어떤 일을 하는지 나는 알지 못해. 하지만 그날 아이가 들어선 건지, 아무튼 쇼타는 그 사람과의 아이야. 아무 생각도 못하는 상태에서 날짜만 하루하루 지나던 끝에 나이도 이미 젊지 않은 데다 몸속에 있는 이 아이의 존재감이, 뭐랄까, 압도적이어서, 그냥 낳기로 했어……. 제왕절개로 낳아서 내 배 아프면서 낳았다는 실감도 별로 없지만, 귀엽고, 후회는 안 해. 저 애, 착하잖아?”

에리는 그렇게 물었고 나는 고개를 끄덕였다. 에리는 어째서 내게 그런 이야기를 했을까. 나를 신뢰했기 때문일까. 어쩌면 내면의 깊은 곳을 가로막은 벽 같은 것이, 그 힘이, 느슨해졌었는지도 모른다. 에리는 술로 이미 상당히 몸이 망가져 있었다. 그녀는 주위가 눈치채지 못하는 사이에 점점 더 약해져서, 내가 곁에 있었는데도 아무것도 해줄 수 없어서, 눈이 내린 날 밤, 혼자 있던 에리는 누군가 불러내기라도 한 것처럼 자기 방을 나와, 술에 취한 채 차에 치였다.

나는 그날 밤, 내 방에서, 오랜만에 도쿄에 내리는 눈을, 창문 너머로 바라보고 있었다. 달은 왜 그런지 기분이 으스스해질 만큼 강한 빛을 내뿜었다. 엷은 구름이 걸려 있는데도 그 안쪽에서 내내 넘칠 만큼 빛을 뿜고 있었다.

눈앞에 벌레 같은 남자가 가슴을 슬며시 들먹거리며 잠들어 있다. 호텔 쓰레기통에는 주간지가 돌돌 말린 채 버려져 있고, 테이블에는 캔 맥주와 뭔가에 바르는 튜브에 든 약이 있다. 호텔의 타인의 방. 나는 담뱃불을 끄고 남자의 가운을 벗겼다. 남자가 미리 옷을 벗고 있어서 그나마 다행이다. 나는 남자를 벌거숭이로 만들어 개처럼 엎드리게 하고 허리를 들쳐 올리고 팔을 뒤로 돌려 묶었다. 남자의 입 근처에 호텔의 서비스 과자를 흩뿌렸다. 그 참에 호텔 메모지를 뜯어내 '렌호(蓮舫. 대만계 출신의 여성 정치인. 모델, 여배우 출신으로, 2004년 참의원 선거를 통해 정계 입문. 스마트한 패션 리더 정치인으로 인기를 얻어 2010년 9월 장관에 취임. 하지만 국회의사당에서 패션 화보를 찍어 논란이 되는 등 구설수에 올랐다-옮긴이)가 좋아'라고 써서 남자의 벌거벗은 등짝에 붙였다. 나는 사진을 찍으며 킥킥 웃었다. 몸에 열기는 느껴지지 않았지만, 사회자 때보다 유쾌하다고 생각했다. 에리도 이 남자의 모습을 본다면, 웃을까. 에리는 담담하고 쿨한 성격이지만 아마 웃으리라. 쇼타도 웃을지 모른다. 창밖에 달은 보이지 않았다. 달도 보면 좋을 텐데. 잔혹한 달도 이것을 보면 조금쯤은 웃을 텐데.

4

주말, 이케부쿠로의 밤.

다양한 길에 수많은 인간들이 넘쳐난다. 언어를 내걸고 있는 네온 빛에는 의지가 있고, 그 빛과 빛의 충돌이 거리를 강렬하게 비춘다. 나는 이케부쿠로 서쪽 출구의 골목길을 걸으며 온몸으로 밤거리를 느끼려고 한다. 멀리서 화재가 일어났다. 소방차의 빨간빛은 네온의 충돌조차 찢어버리듯이 온갖 통행인이며 자동차를 세우고 아무렇게나 내달려 빠져나간다. 회색 연기가 멀리서 피어오르는 것이 보인다. 누군가를 불행하게 하는 불에 사람들이 떠들어대고, 그

축제 같은 흥청거림이 밤의 온도를 달군다. 하늘에는 달이 있었다.

달은 옛날부터 'Luna'라고 불리고, 영어로 광기에 찬 행동을 의미하는 'Lunacy'의 어원이었다. 일본어의 '신에 씌다[憑]'라는 단어는 달[月]이 그 어원이라는 말도 있다. 인간의 체내 시계는 25시간이어서 하루의, 즉 태양 주기의 24시간보다 달의 주기 24.8시간에 가깝다. 달의 주기는 항상 태양의 주기와 어긋난다. 인간은 태양보다 달에, 낮보다 밤에, 일상보다 조용한 광기에 이끌린다.

어린 시절, 나는 사람을 보고 싶지 않아서 낮에는 방 안에 있다가 밤이면 몰래 아동 시설을 나와 바깥을 내다보았다. 달은 항상 그곳에 있었다. 나는 아무것도 모르는 아이였지만 나와 관련이 있다고 멋대로 믿어버린 것에 대해서는 자세히 조사해보았다. 달은 아득히 먼 곳에, 내게는 너무도 신비한 빛으로 언제까지나 밤하늘 저 끝에 내내 떠 있곤 했다.

뒤편 골목으로 들어가자 밤의 소란스러움이 뭔가의 단계처럼 차츰차츰 조용해진다. 길 앞쪽에서 소리가 들려와 시선을 던지자 술집 입구에서 어떤 샐러리맨이 여자에게 큰소리를 내지르고 있다. 국적은 정확히 모르겠지만 그 욕설을 듣고 있는 것은 일본인이 아니라 이 지역에서 자주 눈에 띄는 아시아 여자였다. 큰소리를 치는 남자는 술에 취해 기세등등한 모습이다. 상대가 건장한 흑인이었어도 저렇게 큰소리를 칠 수 있었을까. 우리 일본에서는 이렇게 저렇게 한다느니 뭐니, 시시한 소리를 내뱉고 있다. 그의 말 틈틈이 인종차별 언어가 섞였다. 타인을 깎아내리고 못되게 말하는 것으로 자신의 우월성을 무의식적으로 확보하려는 자신감 없는 사람들. 자신의 존재가 희박한 것을 그렇게 벌충하려는 사람들. 뭔가에 양복이 젖어버린 남자는 쓰레기처럼 보인다. 나는 그에게로 다가갔다.

"저쪽에 조직 사람들이 오고 있어. 어지간히 하시지."

"뭐야?"

"그 사람들, 말썽 나는 거 엄청 싫어해. …… 여기가 그쪽 구역인데, 어라, 몰랐어?"

내 거짓말에 남자 옆에 있던 둥근 얼굴의 남자가 그를 뜯어말린다. 남자는 친구가 말리는 데는 어쩔 수 없다는 듯 목소리 톤이 낮아져 잠시 구시렁거리다가 이윽고 술집 앞을 떠났다. 저런 인간도 집에 돌아가면 웃는 얼굴로 자식을 껴안고, 시민 의식을 내세우며 배심원으로 선출되기도 할 것이다. 나는 동정심 때문에 한 일이 아니라는 것을 보여주기 위해 남자의 욕설에 시달린 여자를 쳐다보지 않고 그대로 지나쳤다.

다시 달을 본다. 달은 젖은 듯한 빛을 계속 내뿜는다. 조금씩 차올라 보름달이 되고 이윽고 기울어가는 달을 보며 옛사람들은 거기서 자신들의 일생을 보곤 했다. 달이 차고 기우는 사이클이 불변인 것을 보고, 미래가 정해져 있다는 운명이라는 개념을 생각해냈다. 하지만 나는 운명 따위 믿지 않는다. 점도 별로 좋아하지 않는다. 멀리서 영업 사원 기무라가 손을 흔든다. 그는 여자관계는 지저분하지만, 공공연히 드러낼 수 없는 일거리의 중개를 이것저것 하고 있고 그것만은 신뢰할 수 있다. 예전에 클럽에서 일할 때, 마약에 절어서 사는 클럽 여자 친구를 경찰에 알리지 않고 입원시키기 위해 무면허 의사를 소개해달라고 부탁한 적이 있다. 비용만 정확히 지불하면 그는 약속은 반드시 지켰다. 나는 그에게 마주 손을 흔든다. 달빛이 그의 등 뒤에서 아

주 조금 푸르스름하게 보인다. 부연 배기가스를 뚫고 그 빛
이 지나간다.

휴대전화에 문자가 와서 들여다보니 하세가와였다. 아동
시설에 놀러 오라고 그 뒤로 세 번이나 문자를 보내왔지만
나는 번번이 핑계를 대며 거절했다. 놀러 가도 괜찮긴 하지
만, 부적 나이프를 내 가방에서 빼 갔던 그 남자의 말이 왠
지 마음에 걸렸다. 그 남자가 곤도를 다른 누군가와 착각했
다고 생각하지만, 그래도 그의 말은 왜 그런지 내 안에 남
았다. 내 안에 있는 직감 비슷한 것이 그의 말을 무시하지
못하고 있었다.

다시 좀 더 뒷골목으로 들어가자 거리의 소리가 문득 죽
는다. 암흑 속, 다리를 드러낸 여자들이 길목마다 서 있다.
신주쿠에서 대규모의 단속이 있었지만 이쪽 거리에는 아
직도 맹점이 무수히 많다. 지정해준 골목길에 차종을 알 수
없는 검정색 고급 차가 와 있었다. 이렇게 일부러 야다를
만나는 것이 번거롭게 느껴진다. 지난번처럼 문자로 일을
의뢰해주면 굳이 만날 일도 없는데.

차 안에 타고 보니 바깥보다 더 썰렁했다. 야다는 항상

그렇듯이 등이 꼿꼿하지만 약간 피곤한 것처럼 보였다.

"이 남자야. 사진만 봐. 지금 저 호텔 205호실에 있어. 아미 씨가 사정이 생겨서 올 수 없게 되었다, 그래서 내가 왔다, 그렇게 말해."

"어떤 사정이냐고 물으면?"

"뭐든 둘러대. 이를테면 감기에 걸렸다는 것보다 그 여자는 피부염에 걸렸다고 말하는 게 더 리얼하겠지. 이번에는 그런 사진은 필요 없어. 이 남자가 갖고 있는 노트북, 그걸 가져오면 돼."

"…… 그런 건, 금세 들켜."

"들켜도 상관없어. 아니, 들키는 게 더 좋아. 이 남자에게 명확히 자신이 표적이라는 것을 인식시키는 게 이번 건은 더 유리해. 하지만 무리하게 빼앗아 오는 건 너무 눈에 띄니까 이 방법을 택한 거야. 일을 조용히 진행하고 싶어서."

사진의 남자를 확인한다. 평범한 얼굴인데도 뭔가 안 좋은 예감이 들었다.

"난 잘 모르겠지만…… 요즘 들어 의뢰가 많아진 거 같은데."

"뭐?"

"지난번 그 남자, 허들이 높았어. 그 독립 행정법인에 다
닌다는 남자."

"…… 무슨 소리야?"

"뭐?"

"나는 그런 의뢰, 한 적 없어."

목덜미에 땀이 났다. 야다는 정면으로 나를 보고 있었다.
장난치는 기색은 아니었다.

"무슨 소리야? 문자로 나한테 의뢰했잖아. 전에도 긴급
할 때는 문자로 했지? 당신 메일 주소에서 온 거였어. 압축
파일의 암호도 똑같고."

나는 휴대전화로 PC의 메일 박스에 로그인했다. 야다에
게서, 라고 되어 있는 메일을 열어 화면을 보여주었다. 야다
는 심각한 표정으로 지그시 화면을 보았다. 메일 주소는 분
명히 야다에게서 온 것으로 되어 있었다.

"…… 이거, 나 아냐."

"뭐라고?"

"…… 큰일이네."

차 안이 고요해졌다. 야다는 등받이에 몸을 기대고 천천

히 담배를 꺼냈다. 그는 핸들의 대각선 아래쪽 주변을 바라
보며 뭔가 생각하고 있었다.

"…… 의뢰 대상은 어떤 남자였지?"

"영상을 남겨뒀으니까 보여줄게."

"찍은 사진은 보관하지 말라고 했잖아."

"너무 웃겨서 휴대전화에 보관해뒀어. 그거 하나뿐이야.
내가 잘못하긴 했지만, 이번에는 그 덕분에 확인할 수 있어
서 다행이잖아?"

그 뚱뚱한 남자의 굴욕적인 영상을 야다에게 보여주었
다. 야다는 여전히 심각한 표정으로 한참이나 그 영상을 보
았다. 차창에 이슬이 차례차례 맺혔다.

"…… 이거, 보통 일이 아니군."

"아는 사람이야?"

"너는 아무것도 몰라. …… 일이 진짜 난감하게 됐어."

창밖에서 술 취한 사람들이 떼 지어 걸어간다. 이 차 안
과는 아무 관계도 없이 밤거리는 움직인다.

"하지만 이건 내 실수가 아니야. 당신 메일 박스에 누군
가 침입했다든가, 그런 거잖아? 게다가 내 존재까지 알려졌

다는 얘기가 돼. 불평할 사람은 내 쪽인 거 같은데?"

"…… 잠깐 입 다물고 있어."

야다가 조용히 말했다. 그의 이런 모습은 처음인 것 같다. 이런 자그마한 불법적인 활동에 누군가 주목한다는 등의 일은 있을 수 없다. 애초에 나는 내가 하는 일이 어디에 사용되는지, 누가 의뢰한 일인지도 정확히 알지 못한다. 나는 야다에 대해서도 아무것도 알지 못하지만, 그는 적어도 이런 실수를 할 사람은 아니었다. 그렇기 때문에 이 건은 불가해하고, 뭔가 훨씬 심각한 문제인지도 모른다. 하지만 이건 딱히 나와는 직접 관련이 있는 일이 아니다.

"이 건은 나중에 얘기하자. 지금은 시간이 없어, 빨리 호텔로 가봐."

"그래도……."

"한마디 해둘 게 있어. 지금 가는 호텔에 있는 남자, 생김새는 별거 없지만 조심하는 게 좋아. 지독히 폭력적인 남자야."

"알았어."

나는 다시 한 번 사진을 본다.

"서둘러."

"데려다 주는 거 아니었어? 그럼 최소한 우리 만나는 장소를 호텔 가까운 데로 해줄 것이지."

"이 자리가 좋아."

야다는 멍하니 앞을 보았다. 시야 끝에 국적을 알 수 없는 여자들이 몇 명 길가에 서 있었다.

"이 세상은 시스템으로 이루어져 있어. 그래서 재미있지. 시스템에서 튕겨져 나와 저렇게 학대받는 존재들을 지켜보는 것이."

"…… 뭐?"

"아냐, 어서 가."

야다는 문득 평소의 무표정한 얼굴로 돌아와, 내가 열기 전에 차 문을 열어주었다.

호텔에 가기 위해, 조금 전에 왔던 길을 돌아가며 다시 한 번 남자의 사진을 들여다보았다. 머리 한가운데 가르마를 탄, 별다른 특징이 없는 생김새. 문제가 있는 남자라면 다른 때처럼은 할 수 없을지도 모른다. 가타부타할 것도 없이 침대에 쓰러뜨리면 나는 아무것도 할 수 없다. 전기 충격기쯤은 능숙하게 사용할 줄 알지만, 분명하게 상대의 자유를 빼앗아준다는 보장은 없다.

이런 종류의 '창녀'는 다양한 장소에 존재한다. 역사적으로도 이 같은 창녀는 아주 많았다. 사회적인 요인의 애인이 되어 정보를 캐내거나, 섹스를 해주고 상대가 마음을 허락한 뒤에 잠을 재우고, 지정해준 물건을 훔치거나 관계를 폭로하겠다고 협박하기도 했다. 어떤 남자든, 게이가 아닌 한, 아름다운 여자를 원한다. 인간의 성욕이라는 약점을 파고들어 미모를 무기로 상대의 판단을 둔하게 만들고, 그녀들은 목적을 달성한다. 하지만 대부분은 몸을 허락하지 않고서는 불가능했다. 나 같은 여자는, 좀 어렵다. 얼마 전에, 몸을 파는 척하면서 남자들에게 변태적인 성행위를 하자고 꼬드긴 다음에 꽁꽁 묶어놓고 지갑을 갖고 튀어버린 여자들이 뉴스에 나왔지만, 나는 어느 쪽인가 하면 그녀들에 가깝다. 하지만 내 일하는 방식이 잘 풀리지 않는 것도 이제 시간문제다. 아까부터 가슴 안쪽에서 두근거리는 소리가 울리고 있다.

시간이 없다.

호텔 뒷문의 직원용 출구로 들어가 계단을 오른다. 남자의 방 앞에서 숨을 가다듬고 문을 노크한다. 어쨌든 상대의 모습을 보지 않고서는 최선의 방법을 알아낼 수 없다. 두번째 노크에도 방에서는 반응이 없었다. 문의 열쇠는 풀려 있다. 예전에 방에 들어온 창녀를 사전 대화도 없이 갑작스럽게 덮쳐 범해버리는 손님 이야기를 들은 적이 있다. 그 손님은 성범죄 성향이 있는 것이리라. 나는 조심스럽게 문을 연다. 내가 얼굴에 웃음을 짓고 있는 것을 깨닫는다. 신경이 팽팽하게 긴장한다. 생판 낯선 남자의 성욕과 대치할 때의 이 감각. 사회적 지위도 그때까지의 인생도 아무 관계 없이 내면의 본능적인 욕망을 노골적으로 드러내며 온몸으로 나를 원하는 사내라는 존재들. 그것을 따돌리고 배신하고 적당히 눙치며 빠져나온다. 나는 그 남자의 모든 것을 비웃는 것이다. 욕망을 노골적으로 다 드러내고서도 그것을 성취하지 못한 채 내게 굴복하는 남자들을. 타인이 내게 무엇을 원하든, 인생이 내게 무엇을 요구하며 나를 붙잡으려고 하든 나는 그것을 눙치고 따돌리며 비웃는다. 나는 그 소용돌이 같은 장소에 계속 머문다. 나를 원해주는 열기를 느끼고, 그것을 배신하고 다시금 열기를 느끼면서 나는 높은 곳으로 나아간다. 어느 누구도 선망하지 않는, 그곳은 나만의 컴컴하고도 높디높은 장소다. 그 순간, 나는 가장 나다워질 수 있다. 다양한 것으로부터 자유로워지는 듯한 감각을 느낀다. 뭐랄까, 나를 지배하려고 하는 것으로부터도, 내 인생을 규정하려고 하고 내 등을 떠밀어대는, 이 세계에 있는 온갖 힘 같은 것으로부터도. 눈앞에 보이는 것을 강하게 배신할 때, 내 안에 생겨나는 열기. 나는 문을 열려고 하는 나 자신을 막을 생각이 없다. 심장이 급하게 두근거린다. 나는 아마 일찍 죽으리라.

방의 불은 켜져 있었다. "실례합니다"라고 말하면서, 하지만 신중하게 발을 들이민다. 남자는 무슨 짓을 할 작정일까. 나를 어떻게 덮치려고 할까.

그 순간, 심장에 강한 충격을 느꼈다. 팔이며 다리의 힘이 스르르 빠져나간다. 눈앞의 상황을 뻔히 보고 있는데도, 몸은 이미 반응을 하고 있는데도, 머릿속이 제대로 정리되지 않는다. 이불이 불룩해져 있다. 뭔가를 봉인한 듯한 그 불룩함의 틈새에서 피가 흘러나온다. 나는 그것을 바라볼 각오도 미처 하지 못한 채 불룩한 곳으로 다가간다. 내 팔이 마치 의무처럼 움직인다. 손끝에 이불의 냉기가 전해온다. 나는 이불의 표면이 꺼끌꺼끌한 것을 왠지 신기하다고 느낀다. 침대 끝에 조명이 있고 스위치가 켜져 있지 않은 것도 왠지 신기하다고 느낀다. 이불을 천천히 젖히자 인간의 머리칼이 보였다. 그 생생한 검은빛이 나의 뭔가를 강하게 찌른다. 나는 숨을 꿀꺽 삼킨다. 반사적으로 힘주어 이불을 젖히자 남자의 가슴팍에 칼이 꽂혀 있었다. 그 칼은 아마도 남자의 가슴 한가운데를 정확히 찔렀을 것이다. 사진 속의 남자. 남자의 슈트케이스는 벌컥 열렸고 안에 든 것이 헤쳐져 있었다. 카펫에 벗어 던진 양말이 내 손톱 끝에 닿는다. 노리던 노트북은 없었다. 다시 한 번 남자에게 시선을 돌려 그 남자가 뭔가 신기하다는 듯한 눈빛으로 죽어 있는 것을 보고, 그가 마지막으로 본 것이 무엇이었는지를 생각한다. 내 안의 뭔가가 아래로 아래로 떨어지려고 한다. 나 자신이 느닷없이 비명을 지르며 그 자리에 주저앉을 것 같은 예감을, 깨닫는다. 한발 늦은 감정이 내게 따라붙으려고 한다. 하지만 나는 의식적으로 다리에 힘을 주었다. 심장의 두근거림이 더욱 강해진다. 바로 등 뒤에 인기척이 있었다.

비명을 지르기에는 아직 이르다. 나는 조용히 가방 속에 손을 넣어 부적 나이프를 움켜쥔다. 전기 충격기로는 무리라고 느끼고 있다. 힘을 붙여 휙 돌아보고 아무도 없다는 것을 깨달았을 때, 정적 속에서 돌연 방 전화가 울렸다.

그 소리는 너무도 크게 방 안 공기를 찢었다. 나는 어깻숨을 몰아쉬며 호텔 방의 흰색 전화를 바라본다. 당연한 일이지만, 그 수화기 끝은 뭔가와 연결되어 있는 거라고 생각했다. 수화기를 들어야 할지 말아야 할지, 나는 망설인다. 하지만 그 소리의 날카로움은 내게 빨리 수화기를 들라고 요구한다. 나는 호흡을 억누르고 전화기로 다가가, 마치 그렇게 하지 않으면 안 되는 것처럼, 수화기를 손에 들었다.

"…… 너, 가시마 유리카지?"

등에 땀이 맺힌다. 가시마라는 건 내가 어느 누구에게도 말한 적이 없는, 아마도 야다조차 알지 못하는 예전의 내 성씨였다.

"세상이 이제부터 재미있어질 거야. …… 너를 파견한 사람에게 그렇게 전해두도록."

수화기에서 시끄러운 소리가 난다. 나는 왠지 내 주위가

온통 시끄러운 소리에 둘러싸인 듯한 착각이 든다. 전혀 알지 못하는 남자 목소리였다.

"……그 호텔에서 무사히 나갈 수 있다면 말이야."

수화기를 내려놓고 나는 호텔 방을 나선다. 복도 끝의 종업원용 창고 방 앞까지 달려가 신중하게 문을 열고 안에 들어가 열쇠를 잠갔다. 하얀 셔츠며 타월이 거대한 선반에 질서 정연하게 늘어서 있다. 이 호텔에 대해서라면 모조리 알고 있다. 이 방 창문을 통해 벽에 설치된 피난 사다리까지 갈 수 있다. 조립하는 방법은 잘 모르지만 어떻게든 될 것이다. 하지만 창문이 열리지 않는다. 흠칫 놀라서 살펴보니 열쇠 부분이 말도 안 되게 녹슬어 있다. 시야가 흐릿해진다. 냉정해져야 한다. 나는 지금까지 편안한 삶을 살아오지 않았다. 바보 취급을 당할 이유가 없다. 사이토에게 몇 번을 전화해도 연결이 되지 않는다. 창문에 이슬이 맺혀 축축하다. 이걸 깨버릴까. 하지만 그렇게 하면 소리 때문에 내 위치가 상대에게 알려진다.

나는 방 벽에 몸을 기대며, 나를 놀린 것인지도 모른다고 생각한다. 정말로 죽일 생각이었다면 그 방에서 죽였을 것이다. 내가 사체에 정신을 빼앗기고 있을 때, 등 뒤에서. 내가 그때 예감했던 대로. 굳이 전화 따위는 할 필요도 없고 나를 그 방에서 내보내줄 필요도 없다.

문을 열고 다시 복도로 나왔다. 입김이 하얗다. 혹시나 해서 가방 속에 손을 넣어 나이프를 움켜쥐었다. 그곳에 있는 것만으로도 항상 나를 지켜온 나이프. 정적으로 가라앉은 복도 좌우에 네모난 문이 무기질적으로 늘어서 있다. 공기가 썰렁하게 식어 있다. 침묵의 의지를 드러내듯이 줄줄이 이어진 네모난 문과 문 앞으로 나는 조용히 걷는다. 혹시나 해서, 엘리베이터는 도망칠 곳이 없으니까 비상계단으로 내려간다. 손잡이가 왜 그런지 축축하다. 예상했던 대로 아무도 없다. 나는 호텔 밖으로 나올 수 있었다.

마음에 걸려서 일단 1층에 가보았다. 프런트 틈새로 보이는 손은 사이토의 것이 아니었다. 이 시간에는 날마다 사이토가 자리를 지켰는데. 다시 밖으로 나온다. 나는 사이토에게 전화했지만 그는 아무리 기다려도 전화를 받지 않는다. 이제 무엇을 어떻게 해야 할까. 나는 야다의 전화번호를 알지 못하기 때문에 그에게 연락할 수도 없다.

다음 날, 나는 야다의 호출을 받았다. 야다는 모든 정황을 파악하고 일을 해결하기 위해 나를 호출한 것이라고 말했다. 야다가 한 장의 사진을 보여주었다. 선글라스를 쓰고 희미하게 웃음을 지으며 걷고 있는 키 큰 남자의 사진.

"이 남자와 접촉해서 물건 한 가지를 훔쳐 와."

야다가 말했다.

"…… 뭐 하는 사람인데?"

"암흑가 사람이야. 그자의 손에 벌써 몇 명이나 죽었어. 다양한 사건의 배후에 존재하는 특수한 인간. 이름도 여러 가지야. 야가미, 요시하라, 기자키."

심장이 묵직하게 출렁인다. 기자키. 내 나이프를 빼 갔던 남자가 곤도를 그렇게 불렀었다. 그렇다면 그자는 아동 시설 원장 같은 게 아니었다는 건가. 사진이 선명하지 않아서 그 남자가 곤도인지 어떤지는 알 수 없었다. 하지만 어떻게 된 걸까. 이자는 대체 어떤 사람인가.

나는 뭐가 뭔지 알 수 없었다. 머리 위의 달빛이 왜 그런지 강해져 있었다.

5

꿈을 꾸었다.

비에 젖은 풀덤불 속에 나는 웅크리고 앉아 있다.

달의 기척을 느꼈을 때, 내 손에 빨간 화집이 있는 것을 깨닫는다. 어렸을 때, 나는 그 화집 속에 그려진 하얗고 아름다운 프리네의 몸에 반해 동경심을 품었다. 나는 화집을 응시한다. 이 세계를 그녀라면 얼마든지 웃어넘길 거라고 생각했다. 고대 그리스의 창부였던 그녀는 자유분방하게 살았고, 죄인으로 몰려 법정에 섰을 때도 자신의 몸을 내보이고 거기에 홀린 남자들에게서 무죄를 얻어냈다. 지나치게 아름다운 그녀는 여신 아프로디테의 무녀(巫女)가 틀림없다고들 생각했던 것이다. 강한 사람, 자유. 타인의 집에 살면서 타인의 옷을 입고 있던 나에게 그녀는 너무도 머나먼 존재였다.

내 손에 든 그림이 물에 젖어 무너져간다. 나는 그 파편을 모아들이려고 하지만 젖은 종이는 너덜너덜 주위에 녹아든다. 왠지 달빛을 느꼈을 때에 구름의 위치가 쭉쭉 낮아진다. 곧 낙하할 것처럼 위치가 낮아진다. 나는 걷는다. 풀의 물기에 몸이 젖어간다.

멀리에서 달의 인력이 강해져가는 것을 나는 느끼기 시작한다. 달빛은 기괴할 만큼 빛나고 흥분하고 그 인력으로 먼바다가 사나워진다. 살아 있는 것들이 밤의 어둠 속에서 아우성을 친다. 바다는 점점 더 사납게 날뛰고 달은 다시금 넘쳐날 정도의 빛을 내뿜기 시작한다. 그 빛의 소란은 왠지 내 안의 뭔가를 소리도 없이 뒤흔든다. 나는 너덜너덜해진 프리네를 모아들이려고 한다. 밤이 비등하는 축제, 파도가 일어서는 거대한 바다. 그 빛은 지나치게 강해서, 괴롭다. 악의인지 선의인지 알 수가 없다.

눈을 뜨고서도 한참이나 내가 어디에 있는지 알지 못했다. 온몸이 땀에 젖어 있었다. 이곳이 호텔이라는 것이 생각나서 부스스 몸을 일으켰다.

그런 일이 있었는데 내 방으로 돌아갈 수는 없었다. 원래 그 방에는 굳이 가지러 갈 정도의 물건도 없다. 옷은 다시 사면 되고 컴퓨터에도 나에 관한 것은 아무것도 들어 있지 않다. 모조리 내 가방 속의 하드디스크에 들어 있다. 나는 필요한 것을 언제나 갖고 다녔다. 왜일까. 잠시 가방을 응시한다. 텔레비전을 켰지만 그 사건은 뉴스에 나오지 않는다.

테이블 위의 기자키의 사진을 보면서 야다와의 대화를 다시 떠올린다. 그는 상당히 지쳐 있었다. 평범한 얼굴이었는데 조금 여위어 눈가며 뺨에서 신경질적인 어둠이 배어 나왔다.

"제대로 하자면, 이 사진 속 남자의 여자가 되어주었으면 좋겠어."

그때 나는 야다가 빨아들이는 하얀 담배 연기를 멍하니 보고 있었다.

"그래서 이 남자의 정보를 계속 우리한테 빼내 오고 적당히 물건도 훔쳐 오고…….”

“…… 싫은데.”

“그렇게 말할 줄 알았어.”

평소의 그 골목길에는 변함없이 여자들이 늘어서 있었다.

“너는 우리가 협박해서 이 일을 하는 게 아니야. 자발적으로 하고 있지. 제대로 하자면 몸을 이용해 일해줬으면 했는데 너는 그것을 거부했고, 몸을 파는 여자보다 우리가 원하는 일을 완벽하게 해치웠어. 하긴 몸을 팔지 않는 창녀처럼 교활하고 솜씨 좋고, 상대에게는 처리하기 힘든 경우도 없겠지. …… 그래서 일하는 방식에 관해서는 나도 지금까지 아무 말 하지 않았어. 상대는 약에 취해 잠이 들었고 돈을 빼앗긴 것뿐이라고 생각하지. 하지만 실은 그게 아냐……. 결과가 똑같다면 뭐든 좋아.”

야다는 작게 숨을 들이쉬었다.

“하지만 이번에는 이 남자의 여자가 되는 게 가장 좋아. 의뢰할 만한 여자는 무수히 많지만 가장 적임자라고 생각한 건 너야. …… 근데 너는 아무리 조사해봐도 약점이라는 게 찾아지질 않아.”

나는 동요를 감추기 위해 부루퉁한 표정을 지었다.

"인간에게 강제로 뭔가를 시키기 위해서는 유혹이나 협박이 가장 좋지. 하지만 협박하려고 해도 너에게는 약점이 없어. 네 주위에서는 네가 반드시 지켜내려는 소중한 사람도 눈에 띄지 않아. 그리고 너는 자신의 목숨에도 그다지 집착하지 않는 것처럼 보여. …… 내가 속한 조직은 사실은 아주 거대해. 하지만 이 일을 맡지 않으면 죽이겠다고 위협해봤자 너는 거절하고 도망쳐버리겠지."

죽은 에리와 쇼타의 얼굴이 떠올랐다. 나는 저 먼 곳의 빌딩을 바라보며 담배에 불을 붙였다.

"만일 그렇게 되면 우리는 도망친 너를 잡아내서 경우에 따라서는 정말로 죽여야 해. 하지만 그렇게 해도 우리는 전혀 얻을 게 없어. 너는 머리가 좋아. 간단히 잡히지 않겠지. 성적으로 다양한 인간을 유혹하고 이용하면서 계속 도망칠 거야. 우리는 수많은 인재와 자금을 쏟아붓게 돼. 막대한 노력을 들여 너를 죽이고, 하지만 우리에게는 아무 이득도 없는 상황이 되는 거야. 나는 원한 같은 건 없어. 그런 거친 감정은 갖고 있지 않아. 너의 죽음과 그것을 달성하기 위한 부담은 합리적으로 맞지 않다고 느끼고 있어. …… 그러니까 일단 네가 받아들일 만한 조건을 제시하지. 그의 여자가 되라고는 말하지 않겠어. 다른 때처럼 해도 좋아. 어떻든 물건을 가져오기만 하면 돼.”

“당신들, 대체 뭐야?”

“처음에도 말했지만 캐묻지 않는 게 좋아. 안다는 것은 깊게 관여한다는 것이야. 깊게 관여하면, 네가 배신했을 때 너를 죽일 가치가 부쩍 높아지게 돼.”

내내 서 있기만 하던 가느다란 몸매의 여자가 손님 하나를 찾아냈다. 남자의 팔짱을 끼고 건물 안으로 들어갔다. 여자의 웃음은 기쁨이 아니라 안도의 웃음일 거라고 생각했다.

“그래도 내가 싫다고 하면?”

“별수 없어. 우리는 양보했어. 별 이득은 없지만 너를 죽일 수밖에 없어.”

야다와 눈이 마주쳤다. 그의 작은 눈에 왠지 초조한 기척이 보였다. 갈증이 났다. 나는 언제부터 이런 상황에 몰리게 된 걸까.

“뭘 가져와야 하는데?”

"이 남자가 갖고 있는 다양한 정보. 우리는 그것을 분석해서 이 남자의 계획과 목적을 파악할 필요가 있어. ……이 남자는 아직 정체도 알려지지 않았어. 호적도 없어."

"그게 무슨 말이지?"

"나도 모르지. 아무튼 그자의 정보를 억지로 탈취하는 건 그자의 경호원 숫자를 감안하면, 무리야. 자기 집에 있는지 어떤지도 알지 못해. 가능한 것은 노상에서 그자의 물건 등을 째비거나 여자하고 있을 때 몰래 가져오는 거. 이런 자가 혼자 남을 필요가 있을 때는 화장실이나 목욕탕을 빼고는 여자와 잘 때뿐이니까."

나는 사진 속의 남자를 계속 들여다보았다. 가슴의 두근거림이 빨라지고 땀이 났다.

"이런 말은 할 필요가 없을지도 모르지만, 너 말고 다른 사람들에게도 다양한 각도에서 그자를 조사하도록 지시했어. 너는 그중 한 사람이야. 보수는 정보의 질에 따라 정해질 거야."

약점이 없다…….

야다의 그 말이 마음에 남는다. 그건 강하다는 뜻이 아니다. 인생과의 거리를 나타내는 고독과 절망에 가깝다.

나는 샤워를 하고 소파에 앉아 담배에 불을 붙인다. 배고 픔이 느껴지지 않는 것은 긴장하고 있기 때문일까. 내 약점 은 이미 이 세상에서 상실되었다. 쇼타가 죽은 지 일 년이 된다.

처음에는 발열이었다. 에리가 죽고 쇼타는 아동 시설에 맡겨졌다. 나나 하세가와가 입소했던 그 아동 시설. 쇼타는 아직 일곱 살로, 생김새도 예쁜 아이였기 때문에 원래대로라 면 입양해줄 친척이 금세 발견될 터였지만 병약하고 애교가 없는 성격이 문제였다. 줄곧 아동 시설의 침대에 누워 지냈 지만 이따금 내가 찾아가면 젖먹이 때부터 알고 지낸 탓인 지 쇼타는 무뚝뚝하게나마 조금쯤 말을 했다. 나는 어린아 이라는 존재를 어떻게 접해야 좋을지 알지 못했다.

"아무것도 안 가져왔어?"

"어리광 부리지 마. …… 지난번에 과자 사다 줬잖아."

그날, 열이 평소처럼 떨어지지 않아서 무슨 무슨 바이러 스라는 진단을 받고 병원에 입원했다. 하지만 호흡곤란에 빠져 느닷없이 입에 호흡기 같은 게 붙여졌다. 원인도 밝혀지지 않은 상태에서 며칠 버티지 못한다는 말을 들은 것은 너무도 갑작스러웠다. 특정 질환, 혹은 그보다 더 희귀한 증상인지도 모른다는 말에 아동 시설 측은 머뭇거렸다. 특별한 치료를 받을 만한 비용을 과연 댈 수 있을까. 아동 시설에는 모두 선량한 사람들뿐이었지만, 갑작스러운 일에 판단이 무뎌져 있었다.

비용은 모두 댈 테니 철저히 검사해서 치료해달라. 내가 그렇게 말한 것은 쇼타에 대한 선량한 배려도 아니고 에리에 대한 의무를 다하려는 마음도 아니었다. 그건 나 스스로도 제대로 설명할 수 없는, 반항 같은 감각이었다. 아동 시설의 아이가 주위 사람들이 머뭇거리는 중에 원인도 모른 채 죽는다. 호흡기를 매단 이 작은 손이 이토록 몸부림치고 있는데. 이 아이를 사로잡은 운명 같은 것을 어떻게든 배신해주고 싶다고 생각했다. 이런 상태에서는 검사를 받는 것도 어렵고 위험하다고 의사는 말했지만 나는 계속 우겼다. 이대로 죽을 거라면 어떻게든 저항해야 한다고 생각했다.

대학병원으로 옮겨 다양한 증상이 판명되는 동안에

ST-T이상(異常), BNP, 스피로놀락톤, ACE 저해 약, 베타 차단 약 등 귀에 익숙하지 않은 단어들을 들어야 했다. 여러 가지 증상 중에서도 심장이 가장 심각하다고 알려주었다. 해외에서의 이식도 필요할지 모른다는 말에 주위에서는 또다시 머뭇거렸다. 그런 비용은 더욱더 없었다. 아동 시설에서는 모금을 시도했지만 제대로 돈이 모이지 않았다. 그것은 세상 사람들의 냉혹함이나 무관심 때문이 아니었다. 인간이란 한없이 잔혹해질 수도 있지만 한없이 선량해지는 것 또한 가능하다. 요컨대 아동 시설 측에서 사람들에게 접근하는 방식의 문제였다. 이웃 현에서 거행된 심장이식 모금은 수많은 사람들의 협력 속에 성공적으로 돈이 쌓이고 있었다.

그 비용도 돕겠다고 말한 것 역시 내가 선량했기 때문이 아니었다. 나는 지켜야 할 존재도 없고 인생에 대한 기대도 없다. 이런 인간의 통장 잔고는 어떻게 되건 별로 큰 문제가 아니다. 하지만 내 모든 것을 쏟아부어도 비용은 턱없이 부족했다. 어떻게든 자금을 빌려보자고 마음먹고 있던 때에 야다를 만났다. 나는 비싼 요금을 내는 클럽에서 일하고 있었고, 그 손님 중에 묘한 일을 의뢰해 온 남자가 야다였다. 욕정 때문에 찾아온 게 아니라 클럽 여자들을 물색하는 것 같았다. 겉보기에는 평범한 사람이었다. 타이밍이 너무 딱 맞아떨어지는 것이 기분 나쁘게 느껴졌는데, 나중에 들어보니 역시 그는 내 처지를 모두 조사해본 끝에 내게 그런 제안을 했었다. 원래 곤궁한 때에 타이밍 좋게 접근해 오는 존재만큼 주의해야 할 것도 없다.

"한 건에 삼십만 엔을 주겠어. 만일 잘해내면 다음부터는 오십만 엔이야."

사회적 유명 인사의 약점을 조작해내는 일이었다. 여자와 나란히 호텔에 들어가는 사진이나 동영상. 성매매 여성과 침대에서 함께 벌거벗고 집적거리는 증거. 성적인 수치감이 느껴질 만한 증거. 어느 누구에게도 알려지기를 원하지 않는 일의 증거. 스무 번 일하면 최소한 천만 엔이다. 돈은 얼마든지 필요했다.

"사람을 조종하기 위해서는 유혹과 협박이라는 방법이 있어. 하지만 가장 효과적인 방법은 협박이야. 그 사람의 지위가 높으면 높을수록 이게 더 효과적이지. …… 딱히 그 사진이나 동영상을 뿌리겠다는 식의 노골적인 말은 할 것도 없어."

그때 야다는 클럽의 VIP룸에 나를 따로 불러내 어깨나 다리를 집적거리는 일도 없이 조용히 말했다.

"…… 이용할 사람을 선정하고, 그자의 약점을 인위적으로 만들어내는 것. 이 세계에서 역사적으로 줄곧 해온 일이야."

그 며칠 전에 클럽에서 야다의 젊은 부하가 누군가와 통화하던 내용을 나는 떠올렸다. 웃으면서 휴대전화로 통화하던 그 남자는 이제 그만 전화를 끊을 듯한 분위기일 때에 상대에게 묘한 말을 건넸다. 그 젊은 남자는 그때 단 한 번도 위협하는 식의 말을 사용하지 않았다.

"예예, 그렇습니다. 잘못 짚은 거라면 다행입니다만……. 혹시 요즘 들어 무슨 위협을 당하거나 하신 일은 없었습니까?"

젊은 남자는 그렇게 말하더니 휴대전화를 왼손으로 바꿔 들고 유리잔을 들어 술을 홀짝 마셨다.

"웬 이상한 사람이 선생 주변에 어슬렁거려서요. …… 예에, 뭔가 선생의 정보를 캐내려는 사람이……. 네, 물론 조무래기겠지요. 여기저기 흔해빠진……. 예? 아, 이케부쿠로 호텔에 요즘 혹시 가신 적 있습니까? 예에, 어쩌다 그런 일이……. 그때 말이죠, 여자하고 자고 그러시지 않았습니까?”

그때 남자는 내내 빙글거리고 있었다.

“예, 그러시군요. 선생이 계신 곳에요? 아뇨, 저희도 자세한 건 모르지만요……. 거참, 난처하시겠네요. 아뇨, 그 정보를 상당히 험한 루트 쪽으로 팔아치울 것 같다고 들었거든요. …… 뭐, 가짜라면 물론 관계는 없겠습니다만. 아, 예, 그건……. 예예, 그러시다면 어떻게 좀 해볼까요, 저희 쪽에서? …… 아니, 그게 자칫 알려지는 날에는 상당한 스캔들이 되니까요. …… 별별 사람들에게서 비웃음을 사는 일이 되죠. …… 사모님이나 자제분들께도…… 네, 선생 같은 분에게는 특히……. 예, 괜찮습니다. 어차피 상대는 조무래기니까요, 간단합니다. …… 아하하, 물론 법에 저촉될 만한 짓은 안 하죠. 안심하십쇼. …… 예, 별로 수고랄 것도 없습니다. …… 뭐랄까, 선의에서 하는 일이죠. 선생께 도움이 되고 싶을 뿐입니다. …… 지금 저희로서도 선생께 무리한 부탁을 드린 입장이니까요. …… 예에, 선생 쪽에서도 선의로 받아들여주셨으면 합니다. …… 하하하, 가까운 시일 내에 한번 뵙지요. …… 네네, 괜찮습니다. …… 저희는 선생의 사진이나 동영상 같은 것을 입수한다고 해도 결코 나쁜 곳에 쓰지는 않으니까요. …… 네, 곧바로 파기하고말고요. …… 예에, 즉시.”

그때 나는 그것이 어떤 대화인지 잘 알지 못했다. 나는 그때의 전화 내용을 떠올리며 눈앞의 야다를 가만히 바라보았다.

“그래서 가장 중요한 건…….”

넓은 VIP룸에서 나 한 사람만을 상대로 그는 계속 이야기했다. 생각해보면 그때 부하의 전화 통화 내용도 일부러 내게 들려준 것인지 모른다.

“그런 거래는 단 한 번으로 끝내야 해. 이런 건 횟수를 거듭할 때마다 상대가 폭발해서 자칫 겉으로 드러날 확률이 높아. 하지만 그 한 번의 거래로 우리는 목적을 달성할 수 있어.”

야다는 움직이지 않는 눈빛으로 지그시 나를 보았다.

“…… 당신들, 뭐야?”

“그건 대답할 필요가 없는 질문이야.”

야다는 담배에 불을 붙였다. 여자들이 피우는 가느다란 담배. 그 하얀 연기가 줄기줄기 퍼지면서 야다의 표정을 애매하게 만들었다.

"이 세상에는 기본적인 구도(構圖)가 있어. 부유한 자는 계속 부유하고 가진 자는 더 많이 가지게 되는 구도. …… 그 구도에 물론 알력은 있지. 하지만 어떤 나라든 그런 시스템은 구축되어 있어. 국가별로 그렇다기보다 서로 연동하듯이, 유연하고 탄력적인 그런 시스템이."

"…… 무슨 얘기야?"

"우리는 그 시스템을 유지하는 일을 하고 있어. 우리에게 뭔가 위기가 닥쳤을 때, 사람들의 의식을 교묘한 정보로 유도하고, 위험한 사람은 실각시키고, 경우에 따라서는 구슬리기도 해. …… 딱히 우리가 이런 일만 하는 건 아니야. 뭔가 사건이 터질 것 같을 때, 혹은 우리가 뭔가 해야 할 때, 다양한 행동을 보조하기 위한 극히 일부의 행동으로서 이런 일도 이따금 하는 것뿐이야. …… 하지만 내 경우에는 일종의 취미지."

남자의 평범한 얼굴 생김새며 평범한 양복이며 평범한

구두가 모두 으스스하게 생각되었다. VIP룸의 가습기가 하염없이 하얀 수증기를 내뿜고 있었다. 주위가 왠지 부옇게 흐려졌다. 그때의 나에게는, 하지만 생각할 여유가 없었다.

쇼타의 병은 특정 질환으로 지정되어 있어서 치료비가 지원되었고, 해외에서의 이식 비용은 의료보험이 적용되지 않아 고액이었지만 모금이 조금씩 진척되어 돈이 약간 쌓이기 시작했다. 적절한 치료를 받은 쇼타는 아주 조금이지만 회복되었다. 생기가 되살아난 쇼타의 얼굴은 역시 귀여웠다.

"기계, 굉장해."

쇼타는 병원 침대에서 자신의 검사 기구에 대해 이야기하고 있었다.

"그 아동 시설, 오래됐잖아. 근데 내 기계는 엄청 좋아. …… 돈 같은 거, 내가 크게 폐를 끼치는 거지?"

가려워서 그런지 쇼타의 오른쪽 뺨은 항상 붉은 기가 서려 있었다.

"신경 쓸 거 없어. 아무도 힘든 사람 없어. 의료보험도 있고, 나머지는 내가 대줄 거니까."

"왜?"

"나, 부자거든. 아무한테도 미안해할 거 없어."

쇼타는 부루퉁하니 말을 잘 듣지 않아서 간호사들의 평판은 별로 좋지 않았다. 커튼이 걷혀 있고 바깥 풍경이 아름다워도 왜 그런지 천장만 바라보는 아이였다. 쇼타가 항상 무슨 생각을 하는지 나는 잘 알지 못했다.

의뢰받은 일거리를 하나하나씩 해냈다. 누군가를 유혹하고 배신한다. 내게 그런 능력이 있었다. 하지만 그건 결코 나 자신을 행복으로 인도해주지 않는 능력이었다.

이식은 아직 못 했지만 그래도 수술을 거쳐 쇼타는 서서히 회복되었다. 이따금 병원 마당에도 내려갈 수 있었다. 마당에 나갈 때는 항상 해가 떨어지고 사람들의 자취가 없어질 즈음을 골랐다. 슬리퍼를 운동화로 갈아 신었다. 아직 어린데도 단정하게 끈이 달려 있는 파란 운동화. 발이 붕 뜨게 침대 끝에 걸터앉아 자신이 신은 운동화를 골똘히 쳐다보는 쇼타 앞에서 나는 그 조그만 끈을 단단히 묶어주었다.

다리가 약해진 쇼타의 손을 잡고 걸었지만 그는 이윽고

혼자 걷기 시작했다. 휠체어도 타려고 하지 않았다.

"이거, 뭐야?"

쇼타가 병원 마당에서 어떤 꽃에 다가가 내 쪽을 돌아보며 물었다.

"꽃이지."

"그게 아니라, 무슨 꽃?"

지금 생각하면 그건 하늘나리였다. 하지만 나는 어린 시절에 얻었어야 할 그런 지식이 누락되어 있었다.

"…… '바리꽃'이라고 할까?"

"……이라고 할까?"

"예쁜 꽃이잖아. 마담 뒤 바리라는 여자가 있었어. 창부에서 프랑스 왕의 여자가 되어 궁정에까지 들어가 살았던 사람."

쇼타가 난처한 표정으로 나를 쳐다보았다.

"쳇, 말도 안 돼. …… 그럼 이건?"

"이것도 예쁘니까 '프리네'라고 하자. 하얗기도 하고."

"…… 그건 뭔데?"

"옛날 창부. 엄청난 부자여서 역대 왕들의 조각상 바로 옆에 자신의 조각상까지 만든 여자. 어때, 굉장하지?”

“…… 몰라.”

병원은 나지막한 언덕 위에 있었지만 병원 건물이 주위를 에워싸고 있어서 안마당에서 거리 풍경은 보이지 않았다. 멀리서 뭔가 사이렌 소리가 들려왔다.

“저기…….”

잠시 아무 말이 없던 쇼타가 갑작스레 나를 올려다보았다.

“사실은 부자 아니지? 수술이랑, 정말 괜찮아?”

하얗고 조심스러운 조명 불빛이 쇼타의 여윈 두 어깨를 비추고 있었다. 병원 건물 벽이며 돌로 된 타일 바닥이 왠지 붕 떠올라 보였다. 아직도 그런 걸 걱정하는가 하고 나는 조금 짜증스러운 느낌이 들었다.

“신경 쓰지 말라니까. 괜찮아.”

“어째서?”

“어째서라니? …… 아, 너는 말이지, 나하고 결혼해야 돼. 보답으로.”

내가 그렇게 말하자 쇼타는 잠시 나를 쳐다보더니 심각한 표정으로 고개를 끄덕였다. 마치 그것이 자신의 병을 치료해주는 데 대한 책임이라는 것처럼. 아직 시작조차 하지 않은 인생의 첫번째 책임을 방금 분명하게 인수했다는 것처럼. 그때 나는 잘 알 수 없는 감정에 휩싸여, 문득 깨닫고 보니 쇼타를 끌어안고 있었다.

"거짓말이야. 네가 좋아하는 여자하고 결혼해도 돼. 나는……."

지금 생각하면, 내가 그다음에 입에 올린 말은, 내가 지금까지 어느 누구에게서도 들어본 적이 없는 말이었다.

"나는 네가 필요해. 나는 네가 필요하고, 그래서 나는 너를 위해 뭐든 할 거야. 이 세계는 너의 탄생을 환영했어. 적어도, 나는 그래. 어서 오너라 하고. …… 넌 무뚝뚝하고 귀염성도 없지만, 아무렴 어때. 누가 어떻게 생각하건 내가 좋아하는데."

쇼타는 진지한 얼굴로 나를 보고 있었다. 나는 내 말에 조금 놀라, 뭔가 체면을 유지하지 않으면 안 될 것 같은 마음이 들었다.

"하지만 역시 결혼해달라고 할까. 너, 꽤 멋있게 생겼으니까."

내가 웃으며 그렇게 말하자 쇼타는 입가를 슬쩍 움직였다. 지금 생각하면 그건 웃음이었던 것 같다. 그는 조금씩 술에 의해 망가져가는 엄마를 곁에서 줄곧 지켜보았다. 그런 그가 그때 웃었던 게 아닌가 하고 나는 느꼈다. 쇼타가 내 손에 자신의 손을 슬그머니 내밀었다. 우리는 손을 맞잡고 돌아왔다.

하지만 쇼타는 때맞춰 이식을 하지 못했다. 그의 병세가 급전했다는 소식을 듣고 달려갔을 때, 이미 그는 눈을 감은 뒤였다. 그의 눈썹이 찌푸려져 있었던 것을 나는 언제까지고 다시 떠올리곤 했다. 마치 이 세상의 모든 부조리를 그 작은 몸으로 받아내지 않을 수 없었던 흔적처럼. 그 모습은 우리의 마음의 준비나 희망을 깨부수는, 변경이 허락되지 않는, 너무도 느닷없고 무심한 사실이었다. 창 너머에는, 달이 있었다. 나는 그 불가해한 빛을 노려보는 것도 잊고, 선 채로, 울 수도 없었다. 눈물이 난 것은 왜 그런지 며칠 뒤에 주차장에서 조그만 자전거를 타려고 하는 몸매가 가느다란 어린애를 보았을 때였다. 왜 그때였는지는, 모른다. 나는 좁은 길에 선 채, 언제까지고 흐르는 눈물을 막을 수 없었다.

이런 세계에서 그저 우는 것밖에는 아무것도 할 수 없는 자처럼 나는 무력했다.

이식 비용으로 모금한 돈을 쇼타와 비슷한 처지의 아이들에게 전액 기부했다. 하지만 내 마음속은 풀리지 않았다. 내 뇌리에서는 쇼타의 찌푸려진 눈썹 모양이 언제까지고 지워지지 않았다.

나는 야다의 의뢰를 계속 받아들였다. 쇼타의 죽음이라는 엄연한 현실을 겪고 난 나는 어느 것에도 집착할 수 없었다. 나는 아직 쇼타의 죽음을 정리하는 게 불가능하다. 그래도 하루하루는 지나갔다. 내가 어떤 상태이건 시간은 나에게 무관심하게 그저 흘러갔다.

나에게는 이미 약점이라는 것이 없어졌다. 희망도 필요하지 않을뿐더러 누군가를 잃는다는 잔혹한 슬픔도 없다. 있는 것은 남루한 이 목숨뿐이었다.

6

넓은 플로어에 줄줄이 가죽 소파가 늘어서 있다. 한복판에 술이며 요리를 차려낸 거대한 테이블이 있고, 드레스를 입은 여자들이 각각 남자들 곁에 앉았다. 남자의 숫자는 십여 명 정도, 여자들은 그 몇 배나 많다. 보통 파티와 다른 점은 플로어가 상당히 어슴푸레하다는 것이다. 복잡하게 선이 교차하는 기묘한 모양의 카펫이 깔려 있다. 릴데란트 호텔 31층.

남자들은 조용히 이야기하고 여자들은 옆에서 고개를 끄덕인다. 여자들은 하나같이 미모 수준이 높다. 야다가 입수해준 인자(印字) 없는 복잡한 색깔의 카드를 제시하고 나는 파견된 스태프인 척하며 이곳에 침입했다. 플로어에 자리한 남자들의 요구는 모두 다 받아들이지 않으면 안 된다. 이 파티의, 정체를 알 수 없는 매니저 같은 남자에게서 처음에 들은 말이었다. 이곳에 자리한 남자들이 무엇을 하는 사람들인지는 모르겠지만 모두 고급스러운 차림새다. 여자가 아쉬운 것도 아닌지 아무도 곁에 앉은 여자를 더듬으려고 하지 않는다.

플로어 구석의 거대한 소파에 기자키라고 불리는 남자가 앉아 있다. 어두운 곳인데도 선글라스를 쓰고 조용한 여자들에게 에워싸여, 맞은편에 앉은 아랍인 같은 남자와 이야기하고 있다. 멀리 떨어져 있는데도 금세 알아보았다. 손에 샴페인 잔을 들고 웃음을 지으며 나는 천천히 그자에게 접근한다. 가슴속이 거칠게 두근거린다. 나는 지금 절망적인 일을 하려고 하고 있다.

사진을 보고서도, 지금 직접 어둠침침한 속에서 목격하고서도, 그가 정말로 곤도와 동일 인물인지 정확히 판단할 수 없었다. 하지만 내 나이프를 빼 갔던 그 남자에게서 기자키라는 이름을 들은 나는 어딘가 분위기는 다르지만 그가 곤도와 동일 인물일 가능성을 감지하고 있었다. 그리고 이런저런 상황과 야다가 내게 일을 의뢰한 타이밍을 생각해보면, 야다의 메일 박스가 무슨 영문인지 모르지만 침입을 당했던 것, 내가 별도의 일거리를 받아야만 했던 것, 그리고 호텔의 사체와 내가 예전에 쓰던 성씨를 알고 있었던 전화 등, 그 모든 것에 이 남자가 관여했을 가능성이 있었다. 그리고 그가 정말로 곤도와 동일 인물이라면, 왜 내게 접근했는지는 모르겠지만 그건 이 남자가 내게 뭔가 볼일이 있다는 것을, 그리고 내가 누구인지 알고 있다는 것을 의미한다.

내 존재가 이 남자에게 알려졌는지도 모른다는 것은 야다에게는 말하지 않았다. 그 말을 하면 야다는 그걸 거꾸로 이용하려 들 것이고 결국 나는 더욱더 깊숙이 이 일에 휘말려들게 된다.

나는 이제부터 나의 존재도, 나의 목적도, 나의 속셈도 모조리 알고 있을 가능성이 있는 남자를 상대로 그가 소지한 물건을 훔쳐내지 않으면 안 된다. 특별히 목숨에 집착하는 건 아니지만 그렇다고 무참하게 살해되고 싶지는 않다. 이번 일을 어떻게든 극복해서 야다의 신임을 얻어낼 수밖에 없다. 갑작스레 몸의 열기를 깨닫는다. 마치 빨려들듯이 나의 내부의 뭔가가 꿈틀거린다. 나는 숨을 토해낸다. 잔뜩 긴장한 내게 그런 여유 따위, 있을 리 없다. 내 존재가 알려진 것을 역이용해 이 자리를 뚫고 나갈 방법은 아주 조금밖에 없다.

드레스 아래로 드러난 다리를 의식하며, 기자키라는 이름으로 통하는 남자의 정면, 비어 있던 아랍인 옆의 공간에 앉는다. 어두운 곳의 기자키에게 시선을 돌린 순간, 나는 가슴이 술렁거린다. 어깨 폭이 넓고 키가 커서 위압적인 체격이다. 옆자리의 아랍인이 내게 미소를 지으며 유리잔을 슬쩍 쳐든다. 눈앞의 기자키가 나를 지그시 바라본다.

"…… 오호, 그렇군."

기자키는 계속해서 나를 바라본다.

"마르키 드 사드의 작품에 등장하는 여자들이 왜 모두 불행해지는지 알고 있나?"

희미하게 웃음을 지으며 돌연 그렇게 말한다. 표정과 목소리로 그가 역시 곤도라는 것을 알았다. 하지만 미리 그런 말을 듣지 않았다면, 나는 이 어둠 속에서 금세 알아볼 수 있었을까. 그는 역시 아동 시설과 관계 있는 사람 따위가 아니었다. 하지만 정말 뭐가 뭔지 모르겠다. 나를 알고 있을 텐데도 이 남자는 조금도 표정을 바꾸지 않는다. 나도 그를 알지 못하는 척하고 그를 응시하며 조용히 미소 짓는다. 심장의 두근거림이 빨라진다.

"…… 아름답기 때문이야. 아름다운 여자는 행복을 손에 넣을 기회가 많은 것과 동시에 불행으로 떨어질 기회도 많지. 다양한 욕망이 곁으로 바짝 다가들기 때문이야. …… 기억해두면 좋을 거야."

"…… 그건 칭찬인가요?"

나는 말한다. 그의 표정은 선글라스에 감춰져 웃음으로 고정된 채 전혀 움직이지 않는다. 옆에 앉은 여자가 기자키에게 몸을 기대며 "나는?"이라고 묻는다. 그 여자는 키가 크고 아름답다. 하지만 기자키는 그녀를 돌아보지 않고 나만을 쳐다본다.

"칭찬이 아니야. 행복보다 불행이 인력이 더 강해. 이 세상은 그렇게 되어 있어."

그는 옆의 여자를 계속 무시한 채 나만을 쳐다본다. 왠지 가슴의 두근거림이 더욱 빨라진다.

"조금 전에 이 사람과 이야기하던 중이었어. 그노시스주의라는 것, 알고 있나?"

"…… 예?"

"원시기독교 시대에 발생한 최대의 이단 종교야. 그들은 이 세계가 저위(低位)의 신에 의해 창조되었다고 생각했어."

이 남자가 무슨 말을 하려는 건가. 속셈이 읽히지 않는다.

"주위를 둘러보니 천재지변이며 역병, 빈곤과 기아에 허덕이는 사람들이 황야에 넘쳐나고 있었어. 이처럼 불완전한 세계를 창조한 신이 선량하고 전능할 리 없다고 그들은 생각했지. 이 세계를 창조한 신은 수많은 신 중에서도 레벨이 낮고 악의로 가득한 존재라고 단정한 것이야. 그들은 황야에서 굶주려 죽어가는 어린아이를 품에 안고 하늘을 우러러 신을 저주했어. 성서에 기록된 신에 대한 숭배를 중단

한 거야. 참된 신은 어딘가에 따로 있을 거라고 말이지. 그래서 이 세계의 탄생에 관여하지 않은, 인간과도 관련이 없는, 좀 더 상위에 있는 신을 숭배하지 않으면 안 된다고 생각을 바꿨어. 이 발상은 아동 시설에서 학대받는 고아가 주위 사람들이 아니라 자신에게 따로 친부모가 있을 것이라고 희망을 품는 구도와도 비슷하지."

기자키가 계속 나를 쳐다본다. 나는 표정을 바꾸지 않는다.

"이 이단 종교는 '정통' 기독교로부터 박해를 받아 공식 무대에서 사라졌어. 다양한 유파도 있었어. 성서에 최초의 인간 아담과 이브의 자식이고, 동생 아벨을 죽여 인류 최초의 살인을 달성한 카인이라는 자가 있었지? 그들 중에 그런 카인을 숭배하는 자도 있었어. 카인파라고 불리는 집단이야. 카인은 열악한 신을 거스른 것이기 때문에 좋은 일을 한 셈이라는 거야. 그들은 신이 금지한 것은 무엇이든 하려고 했어. 도둑질, 다양한 성의 해방. 어때, 유쾌한 얘기지?"

내 옆의 아랍인이 장난스럽게 신께 사죄하는 몸짓을 보인다.

"이 사람은⋯⋯." 기자키가 그 아랍인을 가리킨다. "나를 카인파라고 하는군. 하지만 그건 큰 착각이야. 나는 그런 식으로 뭔가를 숭배하는 짓은 하지 않아. 굳이 말하자면, 그 열악한 신에 관심이 있지. …… 생각해봐. 유쾌하지 않겠어? 자신의 눈 밑에서 인간이 고통으로 몸부림치는 모습을 바라보고 그들의 내면에 생겨난 감정의 움직임까지 맛볼 수 있으니까 말이야. 그리고 동시에 그들의 건전한 선행도 바라볼 수 있지. 그들의 고통으로 뒤틀린 절망의 감정을 파먹고, 그들의 선한 감정까지도 파먹고, 상반되는 그 두 가지 감정을 자신 속에 뒤섞으면서 신은 수천 년이나 괴로워하고 그런 고통에 계속 도취해온 거야. 상반되는 그 두 개의 무수한 다이너미즘으로 이 세계는 소용돌이처럼 움직이고 있어. 도착점은 수수께끼지만. …… 애초에 이 세계를 창조한 신이 정말로 완전한 선의 존재였다면 생물이 생물을 잡아먹지 않으면 안 되는 이런 세계를 만들었을까? 이를테면……."

기자키가 슬쩍 손을 움직인다.

"이케부쿠로의 한 러브호텔에서 침대 위에 누운 남자의 가슴에 똑바로 칼을 꽂았다고 하자고."

나는 신경을 집중하여 미소를 유지한다. 일부러 하는 말일 텐데도 그에게는 그런 기척조차 없다.

"칼에 찔려 괴로워하는 그자를 잔인하게 바라보기만 해서는 재미가 없어. 킬킬거리면서 바라보는 것도 재미없지. 확실하게 가여워해야지. 그자의 연인, 그자를 키워준 부모에게까지 상상력을 발휘해서 동정의 눈물을 흘리면서, 하지만 좀 더 깊이, 좀 더 깊이 칼을 꽂는다. 그 순간, 목숨을 파괴하는 잔인하고 압도적인 기쁨과 동시에 그 목숨을 가여워하는 온화하고 선한 감정이 스미듯이 온몸에 퍼지는 거야. 상반되는 두 가지 감정의 움직임이 뒤섞여 완전히 일치했을 때, 인간의 감정은 인간의 한계를 뛰어넘는 거야. 선과 악이 서로 자극하고 자극을 받으면서 그 감정은 인간의 허용 범위를 뛰어넘어 한없이 상승하지. 마치 소용돌이처럼. 중요한 건 모든 것을 남김없이 죄다 맛보는 것이야. 그 순간은, 음, 제법 괜찮아."

기자키가 갑작스럽게 옆에 앉은 여자의 목을 움켜쥔다. 그의 손에는 상당히 강한 힘이 담겨진다. 여자는 놀라서 눈을 크게 뜬다. 하얀 고무 같은 목에 남자의 손가락이 파고든다. 여자는 미처 상황을 파악하지 못한 채 그 손에 담긴 무심한 힘이 너무 강한 것을 느끼고, 설마 이대로 죽는 건가 하고 그 돌연한 불합리함에 새삼 놀라면서 눈을 부릅뜨고 있다. 경악으로 크게 뜨인 여자의 눈이 내 눈과 마주친다. 여자의 목이 졸린 채로 오 초가 흐르고 십 초가 흐른다. 나는 미소를 유지하면서도 숨이 막혀온다. 공기가 팽팽히 당겨지면서 바작바작 다시 몇 초가 흐르고, 또다시 몇 초가 흐른다. 기자키가 갑자기 손을 떼자 여자는 컥컥거리며 그 자리에 무너져 내렸다. 그는 숨조차 흐트러지는 일 없이 웃음을 짓고 있다.

"이런 때도 상대의 감정에 대해 생각해. 경악 속에서 지금까지의 인생을 모두 무시당하고 느닷없이 부조리하게 죽는 감정을 분명하게 감지하지. …… 이해하겠어?"

나는 표정을 바꾸지 않는다. 이런 정도의 일에 동요할 만큼 내 지금까지의 인생이 만만하지 않다. 옆의 아랍인이 말뜻을 알아들었는지 히죽히죽 웃고 있다.

"…… 무서운 사람이군요."

"하하하, 맹랑하군. …… 자, 그러면 이제 너에 대해서 말해봐."

"예?"

"자기소개 말이야."

"…… 유리카예요."

여기서 거짓말을 해봐야 별 볼 일 없다고 생각했다.

"그게 아니지. 내가 원하는 건 인간의 성질 그 자체야. 네가 어떻게 살아왔고 이 세계에서 지금까지 무엇을 했고 무엇을 하지 않았는지를 말해봐. 나는 그 이야기에서 너라는 존재 자체의 성질, 그 존재 자체가 가진 경향을 파악할 거야. …… 내가 원하는 건 그런 것이야. 나는 인간의 그런 것을 내 손아귀에 거머쥐지."

기자키가 나를 계속 쳐다본다. 심장의 두근거림이 마구 흐트러졌는데도 나는 몸에 열기를 느낀다. 전개가 빠르다.

"그건…… 여러 분이 계신 이런 자리에서는 무리한 일이죠."

나는 촉촉해진 눈빛으로 도전하듯이 기자키에게 다정한 미소를 짓는다. 기자키가 자리에서 일어나 내 팔을 잡았다. 팔을 잡고 걸음을 옮기는 그에게 나는 내 몸을 맡기려고 한다. 자신을 노리고 찾아온 여자를 이 사람은 어떻게 할 작정일까. 주위가 써늘해진다.

7

어슴푸레한 복도를 기자키에게 팔을 붙잡힌 채 걷는다. 곁으로 다가가려고 해도 그는 앞장서서 성큼성큼 걸어간다. 내 작은 가방이 무겁게 느껴진다. 어깨 폭이 넓다. 광택이 돋는 정장에는 주름 하나 없다.

경호해주는 듯한 사람은 눈에 띄지 않는다. 나는 그와 둘이서만 아무도 없는 복도를 걷고 있다. 고스란히 드러난 그의 목덜미에 지금 전기 충격기를 들이댄다면 목적을 이룰 수 있을지도 모른다. 그렇건만 내 팔은 움직이지 않는다. 나를 끌고 가는 그의 강인한 힘이 어떤 동작도 주저하게 만든다. 내가 지금 행동에 나서면 분명 실패하리라는 불길한 예감을 내 온몸이 계속 감지한다.

복도 끝까지 갔을 때, 가슴의 두근거림은 한층 더 흐트러진다. 그가 천천히 문을 열자 어둠 속에 여러 명의 남자들이 보였다. 내가 도망치려고 몸에 힘을 넣은 순간, 남자들이 이쪽에 등을 돌리고 방 안쪽의 뭔가를 쳐다본다는 것을 깨달았다. 사납게 조명 빛이 비춰진 장소가 있었다. 그곳에서 여자의 헐떡이는 신음 소리가 들려온다. 하얀 무대 위에 벌거벗은 여자가 누워 있다.

"…… 쇼를 하고 있어. 잘 봐."

여자는 키가 크고 균형 잡힌 몸매에 살결도 하얗고 아름답다. 팔다리가 고정된 채 하얀 무대 위에서, 성기에 뭔가 기구가 꽂혀 있다. 빤히 지켜보는 남자들 앞에서 악의에 찬 불빛에 비춰진 채, 여자는 땀에 젖은 벌거숭이의 몸을 계속 드러내고 있다. 헐떡거리면서 온몸을 흔들지만 팔다리가 고정되어 움직일 수 없다. 여자는 뭔가를 중얼거리며 일순 몸을 쳐들더니 부들부들 떨기 시작하고 다시 큰 신음 소리를 낸다. 남자들은 웃음을 지으며 여자를 경멸하듯이 바라본다. 여자는 이런 일을 괴로워한다기보다 경멸당할 만큼 느끼고 있는 자신의 욕정을, 그들의 경멸을 의식하면서도 더욱더 크게 키워가는 것처럼 보인다. 여자가 울면서 헐떡거린다. 몸이 계속해서 반응하고, 울면서도 기뻐하는 여자는, 한심했다. 나도 그녀를 경멸하면서 쳐다본다. 온갖 남자를 유혹했을 게 틀림없는 끔찍하도록 야한 몸을 하고 있다. 여자의 애액(愛液)이 튀어서 보고 있던 남자들의 양복에 묻는다. 그 얼룩을 남자들은 킬킬거리면서, 이게 무슨 봉변이냐는 듯 과장스럽게 닦아낸다. 나는 혐오감을 느끼면서도 몸이 조금씩 뜨거워진다.

"…… 시시하군요."

"뭐, 좀 더 지켜봐."

검은 옷을 입은 남자가 조용히 여자에게 다가간다. 그 남자가 뭔가 기구의 손잡이를 올리자 여자의 헐떡이는 신음 소리가 커진다. 남자가 웅크리고 앉아 여자의 귓가에 입을 가까이 댄다. 그리고 "세상을 저주해"라고 말했다.

"…… 아. …… 아."

여자가 눈을 뜬다. 방의 천장을 응시한다.

"저주해."

"…… 나는."

남자가 다시금 기구의 손잡이를 올린다.

"나…… 죽어, 죽어."

"누구 얘기지?"

"…… 모두 다, …… 모두 다 죽어버려."

여자가 느닷없이 부르짖는다. 주위의 남자들이 여전히 웃으면서 조용히 술렁거린다. 그들의 담배 연기가 방에 가득 찬다.

"모두 다, 모두 다! 난, 난 최고야. …… 모두 다……."

"…… 왜 그러지?"

"아빠가……."

여자가 몸을 비비 틀면서 울음소리를 낸다. 여자는 점차로 자신을 잃어버리는 것처럼 보인다.

"아버지가 왜?"

"아…… 아…… 아빠가, 나를."

보고 있는 남자들 사이에서 작은 환성이 터진다.

"…… 그래서?"

“그래서…… 내가, 죽였어.”

남자들이 기뻐하듯이 다시 술렁거린다.

“…… 그런데도 속이 풀리지 않았어?”

“그래. …… 풀리지 않아. 풀리지 않아. …… 그러니까, 좀 더, 좀 더.”

여자가 비명처럼 부르짖는다. 남자가 다시 손잡이를 올린 순간, 여자는 “좀 더, 좀 더”라고 외친다. 바라보던 남자들이 서서히 조용해진다.

“좀 더, 좀 더 해달라니까.”

남자가 미간을 찌푸린다. 어둠 속에 하얀 연기의 밀도가 짙어져간다. 남자가 다시금 손잡이를 올리자 여자가 미친 듯이 웃기 시작했다.

“하하하하하, 하하하하하하.”

남자의 표정이 험악해진다. 바라보던 남자들도 더 이상 아무 말이 없다. 여자는 입을 크게 벌리고 있다.

“…… 겁쟁이! 하하하하하. …… 아아, …… 좀 더, 좀 더! 제발 부탁이야. 아아! 죽어, 죽어! 좀 더.”

학대를 당하면서도 필사적으로 애원하는 여자의 표정이

내 안의 뭔가를 찌른다. "제발 부탁이야! 아아아! 부족해! 좀 더, 제발 부탁이야!"

바라보던 남자들은 계속 침묵한다.

"…… 어느 쪽이 지배하고 있다고 생각하지?"

기자키가 갑작스럽게 내 옆에서 말한다. 나는 그의 목소리에 흠칫 놀란다.

"…… 여자."

"그렇지."

여자는 여전히 몸을 뒤로 젖히며 애원하고 있다.

"마조히즘은 상대의 욕망을 지속적으로 자극하고 상대의 내면의 광기를 일깨워 이끌어내지. …… 그리고 한없이, 한없이 요구해. …… 주인이 쓸모없게 되었을 때, 마조히즘은 주인을 바꾸는 거야. 사디즘의 종착역은 살인에 의한 파멸이야. 지배하는 건 마조히즘 쪽이지."

여자는 몸을 파들파들 떨면서 남자에게 아직도 뭔가를 부르짖는다.

"…… 하지만 이런 괴물은 죽이는 수밖에 없어."

보고 있던 남자 한 사람이 말없이 여자에게 다가가 기구의 손잡이를 최대로 올린다. 여자는 낮고 굵직한 소리를 계속 내지르다가 돌연 움직이지 않는다. 숨은 쉬고 있다. 기절했는지도 모른다.

"훌륭한 자기소개야. 그렇게 생각하지 않나?"

기자키가 옆에서 웃음을 짓고 있다.

"…… 그럴지도 모르겠네요."

"…… 이 무대에서, 다음은 네 차례야."

등줄기에 써늘함을 느꼈다. 하지만 표정에는 드러내지 않고 몸에 힘을 넣는다.

"한 사람 앞에서가 아니면 내 속마음은 말할 수 없어요."

"…… 좋아. 나를 따라와. 너의 모든 것을 내게 알려주면 돼. 너의 존재로서의 근본을 말이야."

그가 다시 내 팔을 당긴다. 강한 힘. 무심한 동작. 복도를 빠져나가 건물과 건물을 잇는 통로로 나선다. 이 통로 끝은 그의 방일 것이다. 통로 창문으로 거대한 달이 보인다. 나는 으스스할 만큼 몸이 뜨거워진 것을 깨닫는다. 내 작전은 성공하지 못할 것이다. 하지만 이제 저지르는 수밖에 없다. 그의 손을 뿌리칠 수가 없었다. 이렇게 된 이상, 이제는 도망칠 수도 없다.

창문으로 보이는 달은 왠지 붉은 기를 띠고 있었다. 달을 향해 나는 입가에 웃음을 지으려고 했다. 달빛은 강하다. 나를 뒤흔들 만큼 강하다. 그 달의 붉은 기에 나는 욱신거리는 듯한 그리움을 느낀다. '…… 당신에게.' 나는 나 자신에게 힘을 주듯이, 달을 향해 마음속으로 중얼거리려고 한다.

'…… 당신에게 나의 광기를 보여줄게.'

8

남자는 방에 들어가서도 조명을 거의 켜지 않는다. 어둠 속, 오렌지색 불빛이 남자의 일그러진 그림자를 벽에 그려 내고 있다. 조명으로 장식된 수조(水槽)가 있고, 커다란 테이블에 광택 있는 소파가 몇 개씩 이어지고 넓은 플로어에는 와인이며 위스키가 든 선반까지 놓였다. 칸막이를 열어둔 방 한쪽에는 거대한 침대가 있고, 책상 위에는 노트북형의 간소한 PC가 있다. 나는 우선 그것에 눈길을 던진다. 꼭대기 층의 이 방 창문으로는 밤의 빌딩 불빛이 보인다.

"뭐 좀 마실래요?"

나는 드레스의 깊이 파인 가슴을 의식하며 남자에게 말한다. 그는 소파에 앉아 담뱃불을 붙이고 있다.

나는 가방을 내려놓고 선반에서 위스키를 고른 뒤에 유리잔에 얼음을 넣었다. 선반이 그늘이 되어 남자 쪽에서는 보이지 않는다. 그래도 사각(死角)을 만들면서 반지를 돌려 한순간에 모조품 보석을 아래로 숙이고 뚜껑을 열어 가루약을 넣는다. 수없이 거듭해온 이 동작은 내 손끝에 익숙하게 배어 있다. 위스키를 따르고 얼음이며 미네랄워터를 넣고, 그리고 두 개의 유리잔을 손에 들고 테이블로 다가간다. 나는 유리잔 하나를 기자키에게 건네고, 약을 탄 유리잔은 내 몫으로 내려놓는다.

"…… 아, 잠깐만요."

나는 일부러 자리를 뜬다. 기자키에게 등을 돌리고 유리잔에 묻은 물기를 닦기 위한 타월을 손에 든다. 자신을 노리고 찾아온 여자가 건네준 술을 마실 사람은 없다. 그는 분명 내 잔과 바꿔치기할 것이다. 웃는 얼굴을 만들며 테이블로 돌아와 유리잔을 바라본다. 바뀌지지 않았다. 심장이 약간 소란스럽게 두근거린다. 약을 탄 유리잔은 그대로 내

쪽에 있고, 기자키는 태연히 내가 건네준 유리잔의 위스키를 마시고 있다.

"…… 왜 그러지?"

기자키가 웃으면서 나를 바라본다. 나도 웃으면서 유리잔을 입 끝에 댔다가 술은 마시지 않고 내려놓는다.

"옆으로 가도 될까요?"

기자키의 대답을 기다릴 것도 없이 나는 유리잔을 들고 그의 옆자리에 앉는다. 어깨를 바짝 대고 내 유리잔을 내보인다.

"너무 독하게 탔어요. 이걸로 드실래요?"

"다시 만들면 돼."

"그건 그렇죠."

나는 슬쩍 웃으며 기자키의 팔을 잡는다.

"…… 안아주지 않을 거예요?"

기자키의 선글라스 안쪽의 눈을 살펴보면서 나는 수줍음이 담긴 표정을 짓는다. 몸을 기대고 목과 가슴의 옷깃을 흐트러뜨린다.

"방에 들어서자마자 나를 덮치실 줄 알았는데."

"…… 나는 여자에 굶주린 사람이 아니야."

기자키가 조용히 말한다.

"지겨울 만큼 품어봤거든. 평범한 섹스에 일일이 기뻐하는 일은 없어."

"…… 어떤 섹스죠?"

나는 기자키의 팔에 내 젖가슴을 댄다.

"안아주지 않으시면 매니저에게 혼나요. …… 하지만 다행이에요, 당신이어서. …… 안아줘요."

나는 기자키에게 얼굴을 가까이 댄다. 도전하는 듯한 웃음을 그에게로 향한다.

"…… 아니면 무서워요, 내가? 나를 안는 것이? …… 나를 정복해보세요."

기자키가 나를 계속 쳐다본다.

"그럼 내 쪽에서…… 흥분하시게 해드리면 되죠?"

나는 기자키의 목에 키스하고 팔을 휘감는다. 심장의 두근거림이 줄곧 흐트러져 있는데도 몸에 열기를 느낀다. 기자키의 등 뒤로 돌려진 내 팔의 팔찌에 손가락을 걸었다. 잘될까. 세계가 냉전 상태일 때 암살에 사용되었다는 기묘한 디자인의 금팔찌. 야다가 건네준 그것은 아름답게 빛났다. 남자의 등을 껴안은 팔을 조금씩 목덜미로 옮긴다. 단추를 누르면 독침이 나온다. 신경성 독약이라서 마비될 뿐 죽지는 않는다고 야다는 말했지만, 정말일까. 독침은 반짝거리고 한없이 가늘고 날카롭다. 나는 그 독침의 아름다움에 숨을 삼킨다. 이 독침이 건장한 남자의 튼튼한 목덜미에 박히는 것을 상상한다. 손에 떨림은 없다. 온 신경을 집중하고 독침의 아름다움에 홀려 기자키의 귀에 입술을 대고 핥아내리면서 등 뒤에서 바늘을 바짝 댄다.

"금속이 방해가 되는군."

기자키는 꿈쩍도 하지 않은 채 조용히 그렇게 말한다. 내 손이 멈춘다. 몸을 움직일 수가 없다.

"섹스에 금속은 방해가 돼. 풀어놓는 게 좋아."

남자가 웃음을 지으며 나를 쳐다본다. 나도 웃음을 짓는다. 시선을 마주한 채, 몇 초가 지나간다. 나는 긴장하면서 독침을 집어넣고 등 뒤에서 팔찌를 풀어낸다.

"…… 미안해요."

팔찌를 드레스 호주머니에 넣는다. 내가 아직 웃음을 유지하고 있는 것을 의식한다.

"그나저나 아름다운 물건이군. 어디, 한번 볼까."

기자키는 변함없이 웃음을 짓고 있다. 몸의 힘이 스르륵 빠져나간다.

"그런 것보다, 다음 단계로 가야죠."

나는 기자키의 팔을 잡는다.

"됐으니까 어디 봐."

방이 고요해진다. 잘 들어보니 난방기 소리가 신음하듯이 계속 울리고 있다.

나는 판단을 내릴 수가 없다. 내 행동에 따라 나는 몇 초 뒤면 목숨이 사라질 것이다. 왠지 몸이 뜨거워진다. 죽는다는 건 어떤 기분일까. 뭐가 뭔지 알지도 못한 채, 한순간에 무가 될 수 있을지도 모른다. 심장의 두근거림이 나의 그런 미래에 저항하듯이, 생명을 주장하듯이, 마구 소리를 높인다. 나는 기자키에게서 떨어져 나와 팔찌를 테이블에 내려놓았다. 그리고 그의 정면 소파에 다시 앉았다.

"…… 쓸데없는 짓이네요."

몸의 힘을 뺀다. 기자키가 손끝으로 팔찌를 집어 든다.

"나는 고용된 몸이에요. …… 야다라는 사람에게."

힘을 뺀 채, 남자를 쳐다본다.

"돈 때문에. …… 하지만 너무 깊이 들어갔나 봐요. 시키는 대로 하지 않으면 내가 살해될 상황이었어요. 당신의 계획을 염탐하기 위해 당신이 가진 다양한 정보를 캐내 오라고 했어요. 잠들게 해서. …… 누군가의 표적이 될 만한 일이 있었어요?"

"너무 많지."

기자키는 조용히 담배 연기를 토해낸다.

"근데 당신에게서는 아무것도 가져갈 수 없을 것 같군요. 나는 고용된 몸일 뿐, 당신에게 아무 원한도 없어요. 당신에 대해 잘 알지도 못해요. 난 이제 그만 야다에게서 탈출해야겠어요. …… 하지만 당신을 노리고 찾아온 나를 곱게 돌려보내줄 것 같지도 않군요."

나는 자리에서 일어선다.

"나와 자는 걸로 용서해준다면 나를 마음대로 해요. 내 몸을 당신이 원하는 대로 몇 번이든 범하세요. …… 하지만 죽이지는 말아요."

나는 드레스 끈을 풀고 침대로 향한다. 흘러내리는 드레스 천으로 몸을 대충 가리고 다리를 드러낸 채 침대에 앉는다.

"…… 그걸로 용서해준다면, 빨리해요. …… 이대로는 너무 비참하니까."

기자키가 어둠 속에서 내게로 다가온다. 그의 몸은 두툼하고 큼직하다. 기자키가 넥타이를 푼다. 나는 숨을 꿀꺽 삼킨다. 기자키가 침대에 무릎을 대고 내 위로 덮치려고 한다.

"…… 그 전에 허리에 찬 전기 충격기부터 풀어."

심장에 둔한 아픔을 느꼈다. 나는 침대에서 내려와 전기 충격기를 내려놓는 척하며 가방의 이중 바닥 부분에 손을 넣어 권총을 잡는다. 숨을 헐떡이며 기자키에게 총구를 향한다.

"…… 호오."

"정말 쏠 거야. 내가 시키는 대로 해."

권총을 든 나 자신에게 위화감을 느낀다. M3913이라고 각인된, 미국제 여성용 권총. 야다가 건네준 이 총은 방 안에 불쑥 튀어나온 이물질처럼 존재감이 넘쳐서 나를 어지럽게 한다. 이 권총은 나보다는 오히려 그 남자에게 속한 것처럼 보인다. 나는 이 검은 권총을 통해 남자에게로 부쩍 다가간 것만 같다. 남자가 속한 불가해하고 불유쾌한 세계로. 왜 나는 이런 장면에서도 미소를 지으려고 하는 걸까.

"빨리해. 난 성질이 급해."

"…… 너는 쏘지 못해."

아니, 쏠 수밖에 없다. 이런 불가해한 인간을 마주했을 때는 나 또한 똑같이 행동하지 않으면 안 된다. 다리 쪽은 소용없다. 복부를 노렸다. 총이라면 외국에서 쏴본 적이 있다. 빗나간다면 심장을 맞출지도 모르지만 그건 그때 가서 생각하는 수밖에 없다. 지금은 이곳을 빠져나가야만 한다. 살아남기 위해서는 그렇게 하지 않으면 안 된다.

"난 쏠 수 있어. 지금."

"…… 할 수 있으면 해봐."

기자키가 슬쩍 웃는다.

"방아쇠를 당긴 순간, 네가 지금 어떤 세계에 와 있는지 알 거야."

가슴이 짓눌리고 뭔가 목까지 치민다. 나 자신의 모든 것이 방아쇠로 빨려든다. 나는 어깨에 힘을 넣고 방아쇠를 당

졌다. 메마른 딸칵 소리와 함께 시야가 출렁 흔들린다. 총알
이 들어 있지 않았다.

　심장에 둔한 통증을 느꼈을 때, 문득 깨닫고 보니 등 뒤
에서 누군가 내 머리에 총구를 들이대고 있었다.

9

창문에 비친 등 뒤의 남자는 수수한 코트를 입고 있다. 이 방에 잠복 중이었다면 대체 어디에 있었을까. 총구가 박힌 내 머리의 살갗이 마비되어간다. 발바닥은 이미 감각이 없는데 나는 왜 그런지 여전히 서 있을 수 있다.

"어떻게……."

나는 멍하니 중얼거린다. 눈앞의 기자키가 희미하게 웃는다.

"총알 말인가? 그건 여기 있어."

기자키의 손에서 총알이 테이블로 굴러떨어진다.

“그럴 시간이…….”

“있었어. 네게 쇼를 보여줬을 때.”

온몸의 힘이 스르륵 빠져나간다.

“쇼에 몰두해서 눈치도 채지 못했나? 부하에게 네 물건을 수색해보라고 했어. …… 팔찌에 무엇이 있는지는 나중에 알아내면 된다고 생각했지.”

“너무 위험합니다.”

등 뒤의 남자가 말한다.

“이 여자는 배짱은 있지만 프로는 아닙니다. 만일 프로였다면…….”

“프로인지 아닌지는 척 보면 알아.”

방 안의 온도가 써늘해진다.

“자아, 어떻게 할까. 죽일까.”

기자키가 소파에 몸을 기댄 채 술잔을 기울인다.

“문제는 사체인데, 어때, 깨끗이 처리해버릴까?”

“예, 복도에 인원도 대기시켜뒀습니다. 오 분이면 실어낼 수 있을 겁니다.”

“삼 분이야. 잽싸게 해치워.”

116

“알겠습니다.”

등 뒤의 남자는 그렇게 말하고 각오를 정한 듯 조용히 숨을 들이쉬었다.

“이제 곧 죽기로 결정된 인간을 바라보는 것을 내가 아주 좋아해.”

기자키는 그렇게 말하고 나를 바라보며 입술 끝을 일그러뜨렸다.

“나는 사람은 별로 죽이지 않아. 내 손으로는. 죽어가는 모습을 이렇게 지켜보는 게 가장 즐겁기 때문이야. 이 친구는 벌써 몇 명이나 죽였지. 이봐, 사람을 죽일 때의 기분은 어떻지?”

기자키가 내 등 뒤의 남자에게 묻는다.

“처음으로 사람을 죽였을 때는 그 뒤에 여자가 필요했습니다.”

“지금은?”

“술만 좀 마셔주면.”

기자키가 웃으면서 다시 술잔을 기울인다. 그의 손이 신호를 하듯이 움직이려고 했다.

"잠깐."

흐트러지는 의식을 붙잡듯이 나는 가까스로 그렇게 말한다. 숨이 제대로 쉬어지지 않았다.

"이래서는 나는 뭐가 뭔지 알 수 없어요. 나는……."

"뭐가 뭔지 모르는 채 죽어가는 사람을 지켜보는 것을 좋아해, 내가."

나는 기자키를 멍하니 바라본다.

"왜 이렇게 되었는가. 왜 이런 일에 휘말렸는가. 나는 왜 죽는가. 그런 부조리한 소용돌이 속에서 죽어가는 인간을 지켜보는 것이 정말 즐거워."

나는 왜 이곳에 왔을까, 라고 생각하고 있었다. 이렇게 되리라는 건 이미 정해져 있었는데 나는 왜 나를 둘러싼 것의 중심에 뛰어들려고 했을까. 뛰어들지 않으면 야다에게 살해되었겠지만, 그런 것 말고도 나는 이곳에 끌려드는 듯한 열기를 내 안에서 느꼈었다. 하지만 몸의 열기는 이미 사라지고 없었다. 죽는 순간까지 불처럼 뜨겁다면 좋을 텐데. 열기는 이미 역할을 마친 것처럼, 마치 나를 배신하듯이, 내 안에서 사라지고 없었다.

"하지만 나는 지금 기분이 아주 좋아."

기자키가 말한다.

"어떻게 된 일인지 아주 조금만 알려주기로 하겠어. 하지만 내가 이야기를 멈추는 순간, 너는 죽을 거야. "

창밖에서 빌딩의 불빛이 서서히 사라져간다.

"당신은 왜 그런 거짓말로…… 내게 접근했죠?"

기자키가 테이블을 손끝으로 툭툭 치기 시작한다.

"거짓말이 아니야. 나는 여러 기업과 단체를 소유하고 있지만, 곳곳에 고아원도 갖고 있어."

"예?"

"물론 그런 식으로 내가 현장에 직접 나가는 일은 없지. 원장 따위가 아냐. 나는 그저 돈을 대고 있을 뿐이야. 그런 꼬맹이들의 인생을 소유하기 위해서. 그런 곳에서는 아주 재미있는 인간들이 생겨나거든. …… 바로 너처럼."

나는 말없이 기자키를 바라본다.

"하지만 그 전에 한 가지 이야기해주지. …… 성서의 복음서에 네 개의 버전이 있다는 건 알고 있겠지?"

이 남자가 대체 무슨 말을 하려는 건가. 나는 머리에 총구가 겨눠진 채 남자를 바라본다.

"그중에서도 마태오복음과 마르코복음에 아주 좋은 말이 있어. 십자가에 내걸려진 그리스도가 큰 소리로 부르짖었다는 이야기. '신이여, 신이여, 어찌하여 나를 버리시나이까.' …… 꽤 멋있어. 그렇지? 신에게서 큰 능력을 부여받은 목수의 아들이 그 능력으로 인간들에게 기적을 보여주고 수많은 신자를 얻으면서 구세력과 대치하지. 하지만 체포되어 십자가에 내걸렸을 때, 마치 그 타이밍을 노리기라도 한 것처럼 그 능력을 잃어버렸어. 그가 체포된 것은 신에게서 부여받은 그때까지의 능력 때문이었는데 말이야. 중요한 타이밍에 기적은 일어나지 않았어. 그런 신의 배신을 느꼈을 때, 그리스도가 얼마나 절망했을지, 어때, 그걸 생각하면 꽤 유쾌하지 않아?"

기자키가 피우는 담배 연기가 조용히 천장을 향해 올라간다.

"물론 그리스도는 그 후 부활하고, 그 또한 자신의 부활을 처음부터 알았다고들 하지. 하지만 그렇다면 왜 그런 말을 부르짖었을까. 이상하잖아? 만일 사실은 그렇지 않았다고 한다면 어떨까. 사실 그리스도는 부활하지 않았다고 한다면, 십자가에 내걸려 죽어버린 것뿐이었다고 한다면, 과연 어떨까. 이건 상당한 비극이지. 그렇잖아? 신의 조종에 따라 실컷 꼭두각시 노릇을 하다가 배신당한 인간이라는 얘기가 돼. 하지만 그의 죽음으로 그 종교는 널리 퍼지게 되었지. 성서에 나온 그대로야. 한 알의 밀알이라는 거. 한 알의 밀알은 죽지 않으면 그저 한 알에 불과하지만 죽음에 의해 풍성한 열매를 맺는다……. 그리고 내가 유쾌하게 생각하는 건 그런 그리스도의 사건으로부터 다시 사백여 년 전에 그 비슷한 일이 이 지상에서 일어났었다는 거야. 소크라테스의 경우지. 이름쯤은 알고 있겠지? 그리스의 철학자 말이야."

나는 그가 무슨 말을 하려는지 알 수가 없었다.

"그는 머릿속에서 어떤 소리가 들리는 사람이었어. 그에게 예언자의 자질이 있었다는 얘기야. 하지만 이 겸허한 사람은 예언자 따위는 되지 않았어. 새로운 종교를 시작하기에는 기존의 그리스 신들에 대한 그의 사랑이 지나칠 만큼 열렬했거든. 그는 뛰어난 사변(思辨) 능력 때문에 주위로부터 소외되어 재판에 부쳐졌어. 거기서 감형을 청하면 죽지 않을 수도 있었는데 그는 자신의 주장을 소리 높여 부르짖는 바람에 빈축을 사고 결국 사형에 처해졌지. …… 흥미로운 것은 그런 그에게 들렸다는 목소리의 성질이야."

내게 총을 들이댄 등 뒤의 남자는 꼼짝도 하지 않는다.

"그 목소리가 그를 채근하는 일은 없었지만 그의 행동을 제지하는 목소리였던 모양이야. 그는 그 목소리를 신적인 것으로서 감사하게 여기고 목소리가 이르는 대로 살았어. 뭔가를 하려고 할 때, 그 목소리가 들려오지 않으면 실행에 옮기고, 그 목소리가 들려올 때는 행동을 멈췄어. 그런데 재판에 나아갈 때는 그 목소리가 들려오지 않았다는 거야. 감형을 청하는 대신 자신의 주장을 재판정에서 밝히려고 했을 때도 목소리는 들려오지 않았어. 그래서 그는 자신의 행동이 신의 의지와 동일하다고 생각하고 재판정에서 빈축을 사는 것을 개의치 않았어. 하지만 결과는? 사형이었어."

기자키가 피식 웃는다.

"그는 자신의 죽음을 신의 의지로 받아들였어. 참으로 성실한 사람이지. 그리고 그의 죽음에 의해 그의 말은 후세에 길이 알려지게 되었어. 이 두 가지 사례가 상당히 비슷하다고 생각하지 않아? 신에게 이끌렸다가 배신당하고 무참히 죽는 것으로 사람들 사이에 이름을 남긴다. 이런 일이 이 세계에서 이따금 일어난다고 가정해도 될 거야. 그럴 때, 신은 최고로 유쾌한 기분이 아닐까? …… 나는 바로 그걸 해보고 싶었어."

"…… 예?"

이 사람이 대체 무슨 소리를 하는 건가.

"지금 한 가지 계획을 실행하는 중이야. 너무 잘 풀려나가는 통에 약간의 기분 전환이 필요하던 참이야. 그래서 네게 눈독을 들였지. 가시마 유리카, 지금부터 십구 년 전, 저 가시와기 아동 시설에 수용된 아이들 중에서 가장 눈초리가 사나웠던 아름다운 소녀. 제법 괜찮았어. 그래서 너의 이야기를 만들어주기로 마음먹었지. 하세가와를 이용해 너를 그 아동 시설에 불러들이고 그곳 아이들과 친밀한 관계를 만들어주기로 했어. 그 아동 시설에 네가 어떻게든 구해주려고 했던 쇼타라는 아이를 꼭 닮은 아이가 있었거든."

가슴에 아픔을 느꼈다. 나는 아직 뭐가 뭔지 알 수 없다.

"너는 지금까지의 인생 경험과 네 존재의 경향에 따라 그 아이와 친밀해지는 거야. 쇼타라는 아이를 떠올리면서. 그리고 너는 그 아이를 위해 어떤 일을 하기로 정해져 있었어. 당연하지만 그건 우리가 의도한 일이고 이번 계획의 한 부분을 멋지게 채워주는 일이야. 너는 그것을 성공적으로 해내고 나아가 좀 더 다양한 일들을 떠맡을 예정이었어. 우리의 은밀한 도움에 의해 너는 그런 위험한 일들을 뚫고 나올 수 있는 거야. 하지만 마지막의 마지막, 가장 도움이 필요한 장면에서 우리는 너를 갑자기 내버리고, 그래서 너는 결국 죽게 돼. …… 그 순간에 아동 시설의 원장이라는 내가 등장한다면 너는 뭐가 뭔지도 모르는 채, 기막힌 표정으로 죽어갔겠지? 그리고 나는 네 눈앞에서 너의 유서를 쓰는 거야."

"…… 유서?"

"우리가 만든 그 이야기를 보다 완벽하게 보강하기 위해서. …… 우리는 너의 지난 인생을 그 유서를 통해 바꿔 써버릴 예정이었어. 역사를 돌아보면 자신의 인생이, 자신의 과거가 바꿔져버린 자들이 무수히 많아. 역사가 모조리 지금 전해져오는 그대로라고 생각하는 사람은 아마 없겠지? 당대의 권력자나 역사 자체의 사정에 따라 다양한 사람들의 인생이 다시 쓰여서 악당이 되거나 영웅으로 치켜세워지기도 했어. 그리스도와 소크라테스의 인생도 지금 전해져오는 것이 사실인지 아닌지 증명할 방법은 없잖아? 너는 우리가 만든 이야기 속에서 움직이고, 나아가 우리가 마지막으로 너의 유서를 바꿔버리는 것에 의해 원래 저지르지도 않은 몇 가지 죄까지 우리 대신 뒤집어쓰고 참혹하게 죽는 거야. …… 아마 뒷골목 세계에서는 그럴싸한 전설로 남겨졌을 거야. 이제부터 일어날 거대한 사건의 이면에서 활동한 아름다운 창녀의 이야기로."

"…… 어째서 나였죠?"

"뭐라고?"

"어째서……."

나는 기자키를 올려다본다. 그의 모습은 검고 크다.

"어째서 너였냐고? 이 세계에서 일어나는 일에 일일이 이유가 있을까? 어째서 죽음을 맞이하는 것이 그 아이가 아니고 이 아이인가. 어째서 나는 또 다른 여자가 아니라 너를 주목했는가……. 그건 이 세계가 원래 그런 것이기 때문이야. 오직 존재하는 것은 용서 없는, 무심하기 짝이 없는 선택뿐이야. 어째서 너냐고? 아득한 옛날부터 이 세계에서 수많은 사람들이 줄기차게 내뱉었던 말이지. …… 이런 세계를 누구보다 즐기고 있는 건 신이야. 만일 신이 있다면 그렇다는 얘기지만. 각각의 인생이 마구잡이로 만들어내는 악이며 선의 연속을 신은 허겁지겁 탐식하면서 한편으로는 괴로워하고 있어. 선량한 사람, 죄 없는 어린애가 픽픽 죽어가는 이 세계의 신이 인간이 생각하는 그런 물렁한 존재일 리 없잖아?"

남자는 거기서 길게 숨을 들이쉰다.

"한마디로, 이건 게임이야. 실은 내가 몹시 심심하거든."

남자가 조용히 미소를 짓는다. 온몸의 힘이 스르륵 빠져나간다. 뭐가 뭔지 알 수 없는 존재가 내 눈앞에 있다고 생각했다. 지금까지 줄곧 뭐가 뭔지 모르겠다고 생각해온 인생이라는 것의 마지막 순간에 나는 이 남자를 보게 된 것이라고 생각했다. 공기가 점점 메말라간다.

"…… 하지만 예정이 틀어졌어. 네가 우리의 꾐에 넘어오지 않았으니까. 하세가와가 그렇게 열심히 불러댔는데."

기자키가 조용히 웃는다.

"아무래도 딱 한 차례, 오차가 발생한 것 같아. …… 그 오차는 원래 내가 재미 삼아 방치해뒀던 것이었어. 어떤 남자를, 2퍼센트 정도의 확률로, 만일 살아 있다면 참 대단한 놈이라는 정도로 방치해뒀지. 그게 설마 이런 식으로 연결될 줄이야……. 하지만 이렇게 풀려가는 것도 꽤 유쾌해. 또 다른 방법으로 너를 끌어들이려고 멍하니 궁리하고 있던 참에 우리 쪽과 야다 쪽의 이해관계가 충돌하는 일이 생겼어. 이케부쿠로 호텔의 그 사내 말이야. 우리는 그자를 죽일 필요가 있었거든. 그 순간은 참으로 유쾌했어. 왜냐하면 그건 오차가 있었는데도 불구하고 결국 네가 나와 접촉하게 된다는 뜻이었기 때문이야. 야다 밑에서 일하던 너는 살해된 그 사내의 방에 파견될 터였으니까. 그리고 그다음에는 야다가 너를 이렇게 나에게 보내리라는 것도."

기자키가 자리에서 일어선다.

"원래 예정과는 달라졌지만, 결국 네가 이렇게 불가해하고 참혹하게 죽는 모습을 보는 것으로 만족하도록 하지. 안

심해, 너의 유서만은 앞으로 우리의 계획을 위해, 우리의 몇 가지 범죄를 네게 뒤집어씌우기 위해, 나 좋을 대로 써줄 테니까. …… 어라, 얼굴빛이 창백한데?"

내게 다가와 얼굴을 가까이 댄다.

"만일 지금의 너를 어딘가에서 지켜보는 사람들이 있다면, 그들이 어떻게 생각할지 알아?"

나는 눈에 눈물이 번졌다.

"자업자득이라고 생각할 거야. 성실한 시민으로 살지 않고 이런 세계에 뛰어든 너는 이렇게 되는 게 당연하다고 말이야. …… 세상 참 냉정하지? 불쾌한 일을 그저 심판할 뿐인 세상."

기자키가 내 입술에 키스를 한다. 혀를 밀어 넣고 내 혀의 뒷면을 집요하게 빨면서 젖가슴을 움켜쥔다. 나는 이제 곧 살해될 텐데도 몸속의 열기가 어떤 저항처럼 희미하게 출렁인다.

"지금의 네가 가장 아름다워. 드물게 내가 흥분했는지도 모르겠군. …… 어이, 죽여."

기자키가 일어선다. 뒤편의 남자가 슬쩍 움직이는 기척

이 들린다.

"…… 잠깐."

기자키가 슬쩍 고개를 돌려 나를 내려다본다.

"가짜 물건을 주세요."

"뭐라고?"

"당신의 가짜 정보. 그걸 야다에게 가져다줄 테니까."

나는 온몸에서 다시 힘이 스르륵 빠지려고 하는 가운데 서도 의식을 집중해 그런 말을 내뱉는다. 이런 꼴이 된 처지에 나는 왜 아직도 인생에 집착하는 걸까.

"야다는 당신과 적대적인 관계죠? 그 사람은 당신이 생각하는 만큼 작은 상대가 아니에요. 내가 당신의 가짜 정보를 그에게 건네준다면 당신은 그를 속일 수 있겠죠. 그리고 그 사람에게서 당신이 필요한 정보를 훔쳐 올 수도 있어요. …… 나는 그저 돈 때문에 야다 밑에서 일했을 뿐이에요. 나를 죽이는 것보다는, 당신은 아직 나를 충분히 이용할 수 있어요."

기자키가 웃는다.

"존재의 외침이로군. 자신이 아직 이 세상에 쓸모가 있다는 외침.”

뒤편의 남자가 물러서고, 기자키가 내게 USB 메모리를 던진다. 마치 처음부터 미리 준비했던 것처럼.

“그걸 가져가. …… 그다음 일은 다시 내 쪽에서 지시를 내릴 테니까.”

10

내게 권총을 들이댔던 남자에게 끌려 방 밖으로 나왔다. 복도를 지나가는 동안, 그 남자는 계속 내 등 뒤에 붙어 있었다. 취향도 끔찍한 샹들리에가 무수히 빛나는 로비를 빠져나오자 자동차가 서 있었다. 일부러 배웅까지 해주려는 것인가.

뒷좌석에 타고 보니 운전석에 하세가와가 앉아 있었다. 그가 천천히 액셀을 밟는다. 생각이 제대로 작동하지 않아서 창밖을 본다. 지금의 내 처지와는 아무 관계도 없이 천박하고 외설스러운 불빛을 내뿜고 있는 밤거리. 달은 구름

에 가려 보이지 않았다. 만일 얼굴을 내민다면 나는 그 달
을 어떤 식으로 바라볼까.

"미안해."

하세가와가 핸들을 잡은 채 말한다.

"어떻게 말해야 좋을지 모르겠지만……."

"당신, 하세가와 아니지?"

"무슨 말이야? 그야 물론 옛날의 나는 아닐지도 모르지
만……."

그는 정말 하세가와일까. 사실이라고 한다면 그것 역시
기분이 우울해지는 일이다.

"이렇게 될 줄은 몰랐어. 이런 식으로 유리카를 끌어들일
줄은."

"거짓말하지 마."

"응……. 무슨 말을 해도 이제 소용없겠지……."

성매매 업소가 늘어선 거리의 네온 불이 유쾌하게 빛난
다. '더듬더듬 긴타로'라는 업소 간판을 보고 나도 모르게
피식 웃음이 번진다. 인간은 어떤 상황에 처해도 저도 모르
게 웃는 일이 있다. '고추 미션'이라는 네온도 눈에 띄어서

다시 미소가 번진다.

"계속 잘 풀리지를 않았어, 뭘 해도."

이 사람이 갑자기 무슨 얘기를 하려는 건가. 흥미도 없는 남자의 제 신세타령처럼 따분한 것도 없다.

"방 한 칸 없이 찜질방에서 지내는 처지가 되어서……. 피시방은 비슷비슷한 놈들이 많아서 우울했는데 찜질방도 똑같더라고. …… 하루 벌어서 하루치 방값과 밥값을 빼고, 나머지는 휴대전화 요금 내고 언젠가 방 한 칸이라도 빌리려고 조금씩 저금하고……. 하루에 쓸 돈을 수백 엔 단위로 쪼개야 하는 건 정말 비참해. 찜질방 로비에 앉아 있는데 그 남자가 내게 왔어. 더러운 찜질방 바닥을 새 가죽 구두로 성큼성큼 건너왔어. 최고급 정장을 입은, 키가 큰 남자……. 기자키 씨의 부하였어."

나는 창밖만 바라본다. '유부녀 전대(戰隊) 고레인저'도 눈에 띈다.

"그 남자가 대뜸 내 가슴팍에 돈다발을 던졌어. 백만 엔이야. 그리고 나한테 말했어. 눈빛이 재미있다, 더러운 일이든 뭐든 닥치는 대로 해서 한번 기어 올라가볼 생각이 있느냐고. …… 온몸이 파르르 떨리더라. 그럴 만도 하지. 내 인생이 갑자기 시시한 일상에서 벗어나는 것 같았으니까."

차가 성매매 업소 거리를 빠져나간다. 상점가를 지나 외등만 켜진 주택가로 들어선다.

"별별 일을 다 했어. 기본적으로 기자키 씨의 운전기사였지만, 뭐가 들었는지도 모르는 가방을 나르기도 하고, 외교관의 자택에 침입하기도 하고……. 어쩐지 몸의 안쪽이 활성화되는 느낌이었어. …… 그 사람은 시시한 세상에 픽션을 만들어내는 것 같았어."

"…… 그런 짓을 좋아하다니, 아직 어린애구나."

하세가와가 뭔가 말하려다가 입을 꾹 다문다. 애초에 하세가와의 청에 응해서 그 남자에게 휘말려든 것이 아니었기 때문에 사실은 하세가와 탓도 아니었다. 하지만 그에게 욕을 퍼붓고 싶었다. 논리적으로 맞느냐는 것보다 내 기분쪽이 더 중요하다.

"시시한 백수로 살다가 뒷골목 세계의 탐정 놀음에 신바람이 난 것뿐이잖아. 거기에 나까지 끌어들이다니, 이건 지독한 민폐야."

“나도 처음부터 그럴 생각은 아니었어. 그 아동 시설에서 자원봉사를 하라고 해서 내가 전에 신세진 곳이고 원래부터 아이들을 좋아하기도 했으니까 그 제안을 받아들인 것뿐인데……. 유리카에게는 간단한 일 한 가지만 부탁할 거라고 했어. 그래서 나도…….”

“그 말을 믿었어? 너, 바보 아냐?”

“게다가 자주 볼 수 있을 거 같아서…….”

하세가와가 신호에 걸려 차를 세우면서 말한다.

“너를 좀 더 자주 볼 수 있을 거 같아서…….”

어이가 없었다. 결국 그는 어린 시절에 잠시 두드러졌을 뿐, 그저 평범한 사내였던 것이다. 피우는 것을 잠시 잊고 있었던 담배에 불을 붙였다. 역시 달은 보이지 않았다.

호텔에서 한참 떨어진 골목길에 내려서 그의 차가 출발하기를 기다렸다가 걸음을 옮겼다. 어차피 호텔은 다 알려져 있어서 쓸데없는 짓이라는 생각도 들었다. 앞에서 걸어오던 샐러리맨 남자가 내게 시선을 던진다. 집에 돌아가는 길인지 만화 잡지며 캔 맥주로 채워진 편의점 봉투를 들고 있다. 불쾌한 표정으로 마주 노려보자 그는 태연한 척하는 몸짓으로 시선을 피한다. 그 꼴에 내 기분이 조금 환해진다. 그다음에 걸어오는 남자도, 그다음 남자도 내게 시선을 던진다. 나는 그때마다 그들을 불쾌하게 마주 노려본다.

호텔 방에 돌아가자 문이 열려 있었다. 예상했던 일이지만 온 방이 뒤엎어져 있었다. 나를 감시한다는 것을 보여주려는지 일부러 책상 서랍까지 모조리 열려 있다.

한숨을 내쉬고 소파에 앉아 담배에 불을 붙인다. 발바닥의 아픔이 불쾌해서 하이힐을 벗는다. 하이힐을 신었을 때의 발목의 각도. 여자가 오르가슴을 느꼈을 때의 발목의 각도와 똑같다고 하던데, 정말일까. 고대 그리스의 창녀들에서 기원한 말이라고도 하던데, 정말일까. 하지만 그딴 것은 이제 아무려나 상관없다. 테이블이 왜 그런지 눅눅하게 젖어 있다. 스타킹을 벗는다.

어느새 꽤 멀리까지 왔다는 생각이 들었다. 내 인생의 종착지가 이 뒤엎어진 방이라고 생각하니 어쩐지 우스웠다. 가방 속의 부적 나이프를 손에 쥔다. 이 나이프를 내 가방에서 빼냈던 그 사람이 떠오른다. 그와는 왠지 이제 두 번 다시 만나지 못할 것 같은 마음이 든다. 그 남자가 말한 대로 그건 뭔가의 오차, 뭔가의 실수로 덜컥 마주친 것 같은 마음이 든다. 더 이상 이 나이프로는 현재의 상황을 따라잡을 수 없는지도 모른다. 냉장고에서 맥주를 꺼냈지만 지나치게 차가워져 있어서 마시지 않기로 한다. 화장을 지우는 것조차 귀찮다.

언제부터 내가 이 나이프를 갖고 있었는지 잘 모른다. 기억이 있을 무렵부터 계속 주위 사람들 몰래 이 나이프를 갖고 있었던 것 같다. 그럴 리는 없겠지만 어렸을 때 나를 내버리고 간 얼굴도 모르는 부모가 내게 쥐어준 것이라면 꽤 재미있는 얘기라고 생각한다. 내버리고 가면서, 이제부터 내버릴 아이를 위해, 나이프를 쥐어주었다면. 그런 부모라면 얼굴이나 한번 보고 싶다는 생각이 든다. 하지만 아마 내가 주웠을 것이다. 어딘가 공원 울타리 틈새에 손을 넣어 이 나이프를 손끝으로 집어낸 기억이 희미하게 있는 것을 보면.

초등학교 저학년 때, 반 친구들의 괴롭힘이 점점 더 심해졌다. 내 물건을 어딘가에 감춰버리는 정도는 괜찮았지만 그녀들은 여럿이서 나를 때리기에 이르렀다. 패거리를 짓지 않으면 강하게 나오지 못하는 아이들. 나는 이 나이프를 체육복에 돌돌 말아 들고 나갔다. 얼굴도 생각나지 않는 그녀들의 웃음소리 속에서 나는 누군가에게 떠밀려 쓰러졌다. 나를 둘러싸고 키 작은 원이 생겨났다. 그 원이 서서히 좁혀지면서 바닥에 쓰러진 내게 다시 다가서려고 했을 때, 나는 체육복 가방 속에서 이 나이프를 움켜쥐고 일어나 그들을 향해 휘둘렀다.

그때의 나이프가 그려낸 선을 나는 똑똑히 기억한다. 그녀들에게는 가 닿지 않았지만 그것은 놀랍게도 그녀들의 바로 코앞의 공기를 아름답게 찢었다. 그것은 그녀들도 미처 예상하지 못한, 그 자리와는 너무도 이질적인, 살아 있는 흉기였다. 내 나이프가 그려낸 선은 그녀들의 한심스러운 추악함이며 운동장의 모래알이며 나의 비참함이며 내 낡은 책가방 같은 것과는 완전히 독립된, 압도적인 존재감으로 깎아지른 곧고 검은 선이었다. 그 검은 색깔의 선은 너무도 곧고 아름다웠다. 아이들이 침묵에 빠진 가운데 나는 그 거친 선의 아름다움에 흠뻑 빠져들었다. 이 깎아지른 선이 앞으로 내 인생의 장애물을 차례차례 찢어발기면서 튕겨져 나갈 것이라는 생각이 들었다. 나는 그 선을 선망의 눈빛으로 바라보았다. 다시 한 번 그 선을 보고 싶어서 작은 손으로 나이프를 재차 움켜쥔 순간, 아이들이 내 주위에서 떠나갔다.

그 뒤로 괴롭힘은 멈췄다. 아무도 내게 접근하지 않았지만 그래도 나는 상관없었다. 그 선은 선량한 자마저 멀어지게 한다는 것도 알았지만 나는 상관없었다.

정신이 들고 보니 소파에서 자고 있었다. 땀범벅이 된 화장이 불쾌해서 클렌징을 집어 들고 욕실로 갔다. 눈 밑의 검은 그림자가 여느 때보다 더 진하다. 지쳤다. 밤거리의 소리 없는 호텔 방에서 나는 혼자 지쳐 있다. 예전에 복합 빌딩들 틈새에서 본 검은 고양이의 모습이 생각났다. 그 고양이는 누워 있었고 임신 중이었다. 밤의 빌딩들 틈새에서 큼직한 배를 껴안고 거대한 암흑 속에서 고독하게, 자신 속에서 꿈틀거리는 미지의 생명이 밖으로 나오려고 하는, 정체를 알 수 없는 그 공포를 고양이는 견디고 있는 것이라고 생각했다. 담배에 불을 붙이고 침대에 눕는다. 머릿속이 혼란스럽다. 푹 잘 자야 한다.

요란하게 울리는 전화 벨소리에 숨이 턱 막힌다. 나는 궁지에 몰린 사람처럼 휴대전화를 응시한다. 내 물건인데도 그것은 얼굴조차 낯선 타인의, 지독히 끔찍한 물건으로 보인다. 발신자 표시 제한이 떠 있는 전화를 받자 남자 목소리가 들렸다. 낮은 목소리. 기자키의 부하라고 했다.

"당신이 지금까지 유혹했던 사람들의 리스트를 모두 복사해서 가져와. 당신이 찍은 사진이나 동영상도 전부."

"그건 모두 야다에게 전해 줬어. 나는 갖고 있는 게 없어서 안 돼."

"거기에 더해서 현재 야다가 보관하고 있는 다양한 외교 문서도 모조리 복사해서 가져와."

"안 된다는 거 뻔히 알잖아? 모두 야다의 컴퓨터나 하드 디스크 같은 데 들어 있겠지. 나는 어디 있는지도 몰라. 아이디도 비밀번호도 알지 못해."

전화는 거기서 끊긴다. 나는 휴대전화를 든 채 내 심장의 두근거림이 거칠어지는 소리를 가만히 듣고 있다.

어느새 달이 보였다. 달은 엷은 구름에 뒤덮여 있는데도 그 안쪽에서 흘러넘칠 만큼 빛났다. 마치 에리가 죽은 날 밤처럼.

11

이케부쿠로 서쪽 출구를 나와 북적거리는 사람들 사이를 걷는다. 마이크를 들고 세계의 종말을 설파하는 기독교인. 엄청 싼 반짝세일의 화장품 이름을 부르짖는 가게 점원. 기타를 껴안은 남자가 마이크를 준비하고, 호스트들이 화려한 차림의 여자들에게 말을 붙인다. 술에 취해 떠드는 남녀, 손님을 부르는 영업 사원, 노출이 심한 여자들. 욕망으로 가득한 밤의 떠들썩한 소리, 환한 대낮에서 해방된 본래의 생의 혼돈. 사람들 속에서 움직이며 나는 휴대전화를 손에 든다. 해고된 남자가 억병으로 취해서 길 위에 웅크리고 있다.

"그쪽 길로 걸어갈 거니까 나한테 영업하는 척하면서 끈질기게 달라붙어."

"알았어."

신호등을 건너 마루이 빌딩의 맞은편 길을 지나자 영업사원 기무라가 있다. 그가 양손을 호주머니에 찌른 채 허리를 숙이고 내게 다가온다.

"…… 위조 여권이 필요해."

기무라의 긴 갈색 머리칼에 밤의 네온 불이 작은 알갱이로 반사한다.

"알았어. 연결해볼게."

"언제까지 가능해?"

"번듯한 여권이라면 아무리 빨라도 엿새는 걸릴걸?"

그는 계속 내 옆을 스치며 걷는다.

"닷새 안에 부탁해. …… 나, 미행당하고 있어?"

"잘 모르겠네. 두 명쯤 수상한 놈이 있는데, 아닐지도."

"둘이나?"

"미행은 세 명이 기본이야."

비즈니스호텔 모퉁이에 이르렀다. 영업 사원은 각자 구역이 정해져 있어서 그는 더 이상 따라올 수 없다. 나는 사진이 든 작은 봉투를 그의 롱코트 호주머니에 재빨리 쑤셔 넣었다. 그의 체온이 희미하게 손끝에 닿는다.

"…… 이 사진으로 만들어. 비용이 얼마인지는 문자로 알려주고."

기무라가 내 가슴팍이며 목덜미를 바라본다.

"꼭 돈으로 주지 않아도 돼."

"이런 멍청이."

내가 그렇게 말하며 모퉁이를 돌아서자 그는 웃으며 돌아갔다. 여자가 아쉽지 않은 남자는 포기가 빨라서 좋다. 어슴푸레하고, 왜 그런지 지면이 축축해져 있는 길로 들어선다. '걸즈 바'라느니 '섹시 카바레'라느니 하는 네온 간판이 나타난다. 얼굴이 잘 보이지 않는 영업 사원이 추운 듯 서 있다. 뒤를 돌아봐도 따라오는 사람은 눈에 띄지 않는다. 괜한 걱정이었을까. 좀 더 어두운 골목길로 들어서자 아시아 여자들이 서 있고, 안쪽으로 좀 더 들어가니 야다의 차가 보였다. 그에게 할 말들을 머릿속에서 곱씹어본다. 그동안 유혹한 남자들의 사진은 내가 몰래 보관하고 있었으니까 그걸 기자키에게 건네주면 된다. 문제는 야다가 소지한 다양한 서류들, 그 남자의 부하가 외교문서라고 불렀던 것이었다. 야다가 왜 그런 것을 갖고 있는지, 애초에 그가 어떤 사람인지, 나는 생각할 여유가 없다. 야다의 차로 다가간다. 심장의 두근거림이 아플 만큼 흐트러진다.

느닷없이 휴대전화가 울린다. 나는 야다의 차를 응시하며 천천히 전화를 받는다. 차 안의 야다가 걸어온 것이었다.

"내가 준 권총, 총알 빼냈어?"

"…… 응."

"봉투째로 지금 네 옆으로 다가오는 양복 입은 남자에게 건네줘."

잰걸음으로 한 남자가 다가온다. 그는 내게서 종이봉투를 받더니 그다지 주위를 꺼리는 기색도 없이 무심하게 안에 든 것을 확인했다. 남자가 내게서 멀어져간다. 뒷좌석 문이 열렸지만 나는 조수석 문으로 다가간다. 야다는 슬쩍 미간을 찌푸렸지만 곧바로 조수석 문을 열어주었다.

"…… 왜 그래?"

"누군가 지켜보는 것 같아서 불안해. 장소를 바꿔줘."

야다가 조용히 액셀을 밟는다. 자동차는 어두운 골목을 누비듯이 좀 더 깊숙이 들어간다.

"당신이 내게 호신용 권총을 아무 이유 없이 건네줬을 리 없어."

나는 앞만 바라본 채로 말한다.

"잘하면 궁지에 몰린 내가 그 남자를 죽일 거라고 기대했던 거지? 그러면 나는 그 자리에서 도망치지 못하고 결국 잡혀서 죽게 될 테니까. …… 당신은 나와의 관계를 비밀리에 지워버릴 뿐, 따로 사람을 쓸 것도 없이 아주 낮은 비용으로, 게다가 조용히 이번 건을 정리할 수 있었겠지. …… 아니야?"

내가 그렇게 말했는데도 야다는 표정을 바꾸지 않는다.

"그자를 죽이라고 지시해봐야 네가 들어줄 리가 없어. 하지만 권총을 갖고 있으면 결국 죽이게 될지도 모른다고는 생각했어. …… 하지만 그걸 기대했던 건 아니야. 그렇게 되어도 괜찮다고 생각했을 뿐이지. 게다가 이건 내가 꾸민 일이 아니야. 권총을 요구한 건 너였어."

“…… 됐어.”

내 향수 냄새가 차 안에 퍼진다. 짧은 스커트 밑으로 길게 나온 다리를 자연스러움을 가장하여 조용히 바꿔 앉는다. 잘될까. 차는 이윽고 한적한 주차장으로 들어간다. 그에게 USB 메모리를 건넨다.

“그렇군, 일이 잘된 모양이네.”

야다의 말에 나는 진지한 표정을 짓는다. 어둠 속에 서 있는 복합 빌딩에서 우울해 보이는 아시아 여자들이 나온다. 나는 여운을 끌듯이 길게 숨을 내쉰다.

“내가 마음에 들었나 봐. …… 계속 함께 뒹굴었어. …… 몇 번이나.”

야다는 내 쪽을 쳐다보지 않지만 나는 내 젖가슴을 의식한다.

“그 사람, 당신이 나를 보냈다는 거, 다 알고 있었어.”

“…… 그래?”

“당신에 대해 잘 알고 있었어. 나를 당신 여자라고 생각한 거 같아. 당신 여자를 빼앗았다는 기분 때문에 더 흥분하는 거 같았어. 자면서 야다하고 자기하고 어느 쪽이 더 좋으냐고 몇 번이나 물었으니까. 나는 그때마다 당신보다 그 남자가 더 좋다고, 몇 번이나 말해야 했고.”

야다는 똑바로 앞을 보고 있었다.

“…… 그러면서 왜 이걸 훔쳐 왔지?”

“그자의 약점은 분명 여자일 거야. …… 그 사람이 당신을 배신하라고 해서 그냥 승낙하는 척했어. …… 그야 그렇잖아? 승낙하지 않으면 그 자리에서 빠져나올 수 없었으니까. 그 사람이 잠들기를 기다렸다가 컴퓨터에 침입했어. 블록이 된 부분에는 들어가지 못했으니까 그건 당신이 원하는 물건이 아닌지도 몰라.”

나는 숨을 들이쉰다.

“이 여자는 완전히 내 여자가 되었다고 믿게 하는 게 내 특기야. …… 나는 당신이 맡긴 일은 철저히 해낼 생각이야. 하지만 이건 어쩌면 속임수인지도 몰라. 그러니까 그 정보가 혹시 잘못된 것이라고 해도 내 탓은 아니야. 정보의 진위를 잘 확인해봐. 만일 그게 만족할 만한 물건이 아니라면, 그리고 그것 때문에 당신이 나를 풀어주지 못하겠다면, 어쩔 수 없으니까 다시 한 번 시도해볼게.”

기무라에게 부탁한, 탈출하기 위한 여권을 의식한다.

"…… 흠."

"그래서……."

나는 빨라지는 심장의 두근거림을 들키지 않도록 태연한 얼굴을 유지한다. 흐트러지려는 호흡을 조용히 가다듬는다.

"당신과 헤어지고 오라고 했어. 자기 여자가 되라고. 그리고 당신에게서 다양한 정보를, 그 참에 훔쳐 오라고. …… 당신이 갖고 있는 외교문서가 필요하다고 말했어."

심장의 두근거림이 너무 빠르다. 몸의 안쪽에 강한 열기를 느꼈다. 내가 살아날 방법은 이것밖에 없다.

"그러니까 가짜 문서를 줘. …… 그러면 당신은 그 남자를 속일 수 있어."

12

몸에 얇은 천 한 장만 두른 여자들이 광장에서 술에 흠뻑
취한다.

플로랄리아. 고대 로마에서 거행된 창부들의 축제. 엄격
한 기독교가 탄생하기 이전, 사람들의 명랑한 생의 열광. 마
찬가지로 고대 로마의 오르기아(orgia. 고대 로마의 이교 디오니
소스의 종교 의식. 의식을 치르는 동안 사람들은 황홀경에 빠지고, 그들
의 육체는 온통 신성한 에너지로 가득 찬다. 그 에너지가 폭발하면 무아지
경에 빠지는데, 이러한 상태를 오르기아라고 한다. 오르가슴이란 단어는
이 의식으로부터 유래한 것-옮긴이)의 비밀스러운 의식도 뒤섞인

다. 고귀한 여자들에 의한, 여자가 지배하는 성의 난교. 귀족도 창부도 그 경계가 사라지고 여자들이 성을 차례차례 해방해나간다. 보름달의 투명한 빛이 그녀들을 강하게 비춘다.

그녀들은 흠뻑 술에 취하고 춤추고 웃음소리를 올린다. 남자들을 데려와 자신들의 노예로 만든다. 그녀들의 헐떡임이며 교성이 소용돌이처럼 피어오른다. 나는 그녀들 속에 있는 것 같기도 하고, 그녀들로부터 조금 떨어져 수목이 되어 지켜보는 것 같기도 하다. 달의 강한 인력으로 저 먼 곳의 바다가 거칠어져 있다. 땀에 젖은 그녀들이 소란을 피운다. 한 여자가 하얀 손으로 내게 술을 권한다. 나는 그림으로밖에는 본 적이 없는데도 실제로 눈앞에 나타난 그 여자를 창부 프리네라고 생각한다. 크고 길쭉한 눈, 두툼한 입술이 개성적이고 아주 아름답다. 그녀의 손끝이 가리킨 방향의 분지에 짐승 가죽을 둘러쓴 사람들이 있다. 이 세계에서 격리되어 망아와 초월을 원하는 그들은 달을 향해 기원을 올린다. 불을 피우고 온몸에 아편을 바르고 고대로부터 전해 내려온, 실재하는 기원의 시를 노래한다.

남자를 먹는 자가 되게 해주소서

여자를 먹는 자가 되게 해주소서

어린아이를 먹는 자가 되게 해주소서

피를 주소서

인간의 피를 주소서

오늘 밤 그것을 주소서

나의 마음, 나의 몸, 나의 영혼을 모두 올리나니

프리네가 천을 벗어 던지고 부드러운 젖가슴을 내보이며 내게 다정한 입맞춤을 한다. 몸이 뜨거워진다. 그녀에게 아름답다는 말을 듣고 나는 왜 그런지 눈물을 글썽인다. 주위에서 헐떡이는 소리가 높아져가고 누군가 내 옷을 차례차례 벗긴다. 축제의 무녀로는 미친 여인이 선정된다. 젊음을 되찾는 피를 얻기 위해 몇백 명의 여자를 살해한 헝가리의 귀족 에르제베트 바토리가 와 있다. 600명을 짓눌러 짜낸 피를 탐하고 남자들을 결투하게 해서 승자를 성 노예로 삼은 앙골라의 여왕 징거도 와 있다. 그녀들은 달을 올려다보며 마음껏 흐트러지는 여자들과 뒤섞여 누군가의 피를 마신다. 선악을 초월한 그녀들의 순수한 광기에 그 거대한 달이 다가온다. 술에 취해 큰 소리를 내지르는 여자들 앞으로 달이 불려와 바짝 다가든다.

— 네 안에

달을 올려다보는 내게 누군가 말한다. 하지만 그것은 나의 내면으로부터 들려온다. 달이 덮쳐든다. 그 빛의 깊은 안쪽에서 꺼끌꺼끌한 표면이 또렷하게 보인다. 대지를 가진 별이라는 것을 보여주듯이 무심하게 그것은 조금씩 다가온다. 너무나 크다. 여자들이 웃는다. 계속해서 환희의 부르짖음을 올린다.

— 네 안에

너무도 강한 인력에 나는 의식이 아득해진다. 프리네라고 생각했던 여자가 나를 조용히 끌어안는다. 분지에서 불을 에워싼 자들은 아직도 달을 향해 기원을 올리고 있다.

나의 마음, 나의 몸, 나의 영혼을 모두 올리나니

천장의 불빛이 눈을 강하게 때렸다. 가슴이 짓눌린 채 땀을 흘리고 있었다. **네 안에**. 목소리가 내면에 남아 있었다. 꿈으로부터 남겨진 목소리는 사람을 불안하게 한다. 내 안에 무엇이 있다는 것일까. 체념인가. 목적도 없는 의지인가.

어제와는 다른 호텔 방. 커튼을 열자 빌딩 너머로 달이 보였다. 강하게 빛나고 보름달에 가깝다. 달은 옛날에는 태양과 똑같이 환했지만 인간이 편안히 잠들 수 있게 빛의 일부를 포기했다. 미국 원주민 사이에 그런 귀여운 설화가 있다는데, 글쎄 어떨까. 암흑 속에서 인간이 욕망을 해방시킬 수 있게 빛의 일부를 포기했다고 말을 바꾸고 싶어진다. 그 가려진 욕망의 해방을 빤히 지켜보는 악의 가득한 빛만을 남기고.

1층 카페에 들어서자 하세가와가 와 있었다. 의자에 걸쳐둔 다운재킷이 새하얗게 보인다. 그는 내가 다가가자 약한 웃음을 보였다. 성실한 인간들이 모이는 잘나빠진 카페. 가격이 비싼데도 설탕을 넣지 않고서는 도무지 마시기가 힘든 맛대가리 없는 커피.

"우선 이거……."

나는 USB 메모리와 복사한 서류를 그에게 건넨다. 야다에게는 비밀로 하고 내가 보관해온 사진 몇 가지와 야다가 건네준 가짜 외교문서. 이 정보를 믿고 움직인다면 그들은 위기에 처한다고 했다. 해외의 인사이더 거래 정보와 일본을 방문한 각 산유국 요인들의 정보 등이었다. 하지만 인사이더 정보는 가짜고 산유국 요인들의 정보도 그들의 은밀한 거래는 거액이지만 위법이어서 수면하에서 이미 감시를 당하고 있기 때문에 자칫 잘못 관여하면 머지않아 사법 당국의 법망에 걸린다는 것이었다. 몸에 조용한 열기를 느낀다. 내가 내준 것들을 가방에 챙겨 넣는 하세가와를 나는 지친 표정을 지으며 멍하니 바라본다.

"위험하지 않았어? 이렇게 정확히……."

하세가와가 작은 소리로 묻는다. 마주 앉고 나서 얼마 안 되었는데 그는 벌써 세번째로 내 가슴에 시선을 던지고 있다.

"너하고는 관계없어."

"응, 그래……."

나는 맛없는 커피를 일부러 마신다.

"하지만 앞으로도 계속 일을 하라고 하면……. 좀 더 힘든 그런 일.”

느닷없이 내면이 술렁인다. 관여할 마음도 없으면서 겉으로만 선량한 척하는 시시한 감정.

“너하고는 관계없어. 똑같은 말, 반복하게 하지 마.”

“…… 나는 꿈이 있어.”

그가 불쑥 말한다. 무슨 소리를 하는 건가. 그는 정말 바보인지도 모른다.

“돈을 모아서…… 이 세상을 지긋지긋해하는 아이들을 위한 재단을 만드는 거.”

그가 맑은 눈빛으로 나를 바라본다.

“인간은 일단 성인이 되지 않으면 자신의 인생을 만들 수 없어. …… 도와주고 싶어. 그래서 그중에서 세상을 깜짝 놀라게 할 인물을 키워내고 싶어.”

카페 안의 스피커에서는 뭔지 모를 현악기의 독주가 흘러나왔다.

“사실은 일본에서 그 일을 할 생각이었어. 하지만 해외에서도 괜찮아. 생각해보면 해외 쪽이 더 적합할지도 모르지. 그러니까…….”

그가 다시 나를 바라본다.

"만일 이보다 더 위험한 일을 요구하면 나하고 함께 도망칠까?"

나는 담배를 피우던 손을 멈춘다. 그가 진심으로 그렇게 말한다는 것이 목소리나 표정에서 전달되었다. 하지만 어째서일까. 나는 위화감을 느낀다.

"…… 그러다 살해될 텐데?"

"괜찮아, 나도 생각이 있으니까."

위화감이 더욱 커진다. 어째서일까. 맛없는 커피를 억지로 다 마셨을 때, 그가 휴대전화를 꺼낸다.

"잠깐만. 시간마다 연락을 넣어야 하거든."

그가 전화를 걸지만 이리저리 경유하느라 연결되는 데까지 시간이 걸린다. 이윽고 통화를 시작한 그의 목소리는 낮게 억눌려져 잘 들리지 않았다. 카페 안의 음악이 시끄럽게 느껴진다. 그가 휴대전화를 내게 건넨다.

나는 이제부터 전화 너머 기자키와의 대화에 집중하지 않으면 안 된다. 내 의식이 하세가와에게서 벗어나는 때였기 때문에 일부러 그를 잠깐 바라보았다. 그는 내 몸을 보고 있었다. 조용히 욕망을 품은 그의 눈빛에서 희미한 광기 같은 어둠을 느꼈다. 남자의 욕망 따위도 모두 광기 비슷한 것이지만, 그의 그것에는 왠지 위화감이 있었다. 어째서일까. 하지만 생각할 여유가 없었다. 기자키는 이미 말하기 시작하고 있었다.

"상황을 말해봐."

서서히 빨라지는 심장의 두근거림을 의식하면서 나는 눈치채이지 않도록 조용히 숨을 들이쉬었다.

"야다에게서 직접 빼낸 건 아니에요. …… 그와 가까운 부하에게 부탁했어요."

몸속에 작은 열기를 느꼈다. 이런 일에는 최대한 현실감이 필요하다.

"그 부하는 지금까지 몇 차례 내 무리한 부탁을 들어줬던 사람이에요. 원래부터 야다에게 불만이 있었던 데다 어리석어서 나한테 푹 빠져 있거든요. …… 의심스럽다면 당신들에게 소개할게요. 그 사람, 야다와 상당히 가까운 위치에 있어요."

기자키는 침묵하고 있다. 나는 다시 눈치채이지 않게 숨을 깊이 들이쉰다.

"하지만 그 정보를 야다가 정확히 조사한 것인지는 나도 잘 모르겠어요. 아직 진위를 확인하지 못한 정보일 수도 있죠. 그러니까 그 정보가 혹시 잘못된 것이라고 해도 내 탓이 아니에요."

열기는 아직 내 몸속에 있었다.

"야다에게는 다양한 정보들이 들어와요. 그러니까 분명히 확인하세요. 그래서 만일 이 정보가 당신을 만족시킬 만한 것이 아니라면 다시 시도할게요. …… 하지만 내가 할 수 있는 걸로 해줘요."

몸이 팽팽하게 긴장한다. 손가락이 떨리는지도 모른다. 담배를 집으려던 손을 멈췄다.

"아주 좋은 대답이야."

기자키가 조용히 말한다. 내 심장의 두근거림이 한층 빨라진다.

"일단 확인해봐야지. 부하에게 지시해야겠어. 하세가와에게는 곧장 들어오라고 말해."

전화가 끊겼다. 온몸의 힘이 스르륵 빠져나간다. 둘 중 어느 편에 붙어도 위험하다면 나는 둘 중 어느 편에도 붙지 않을 것이다. 이건 좀 더 깊숙이 관여하게 되는 일이지만, 살아날 방법은 그 깊숙한 곳에 들어서는 방법밖에 없다. 양쪽 모두를 속이고 책임에서 벗어날 시간을 벌어 나는 둘 사이의 틈새를 교묘히 빠져나갈 것이다. 마음을 놓도록 하기 위해 도망치기 바로 직전까지 최대한 협력하는 자세를 보이지 않으면 안 된다. 기무라에게 부탁한 위조 여권을 의식한다. 앞으로 나흘이면…….

13

"진짜 물건이었어."

그건 야다의 목소리였지만 내가 이제 막 잠에서 깨어난 탓인지 유난히 멀리 들렸다.

"그자에 대해 대충 파악했어. …… 완벽하다고 할 정도는 아니지만 상당히 귀중한 정보야. 자신을 과신하는 놈일수록 수비가 약하지."

휴대전화를 다시 고쳐 쥐었다. 어떻게 된 것인가. 그 물건은 기자키가 의도적으로 건네준 것이었다. 뭐가 뭔지 알 수 없었다.

“······ 그래? 그럼 이제 됐지? 그 사람, 진짜 피곤한 남자란 말이야, 이래저래.”

“뭐가.”

아주 조금쯤은 질투까지는 아니어도 그 비슷한 뭔가를 느낄까. 통할지는 모르겠지만 판단을 흐리게 하기 위해서는 일단 그쪽으로 몰아가는 게 유리하다.

“······ 알잖아. 그 사람, 너무 능숙해.”

“······ 돈은 호텔 프런트에 맡겨뒀어.”

전화가 뚝 끊겼다. 방 안 형광등의 차가운 불빛이 몹시 강하게 느껴진다. 야다는 정보의 진위를 착각할 사람이 아니다. 왜 기자키는 진짜 정보를 건네준 것일까. 모르겠다. 조용히 가슴이 술렁였다. 하지만 그건 이미 나와는 관계없는 일이다. 앞으로 사흘.

어쩌다 이렇게 됐을까. 나는 새삼스럽게 생각한다. 야다의 의뢰를 받았던 것이 일의 시작이었지만, 좀 더 거슬러 올라가면 내가 쇼타의 일에 관여했기 때문이다. 큰돈이 급하게 필요했다. 나는 내 능력 이상의 것을 성급하게 원해서 부자연스러운 세계에 발을 들이는 바람에 야다와 관계를 맺게 되었다. 하지만 후회는 없다.

이건 모두 내가 한 선택이고, 설령 그 방식이 잘못되었다고 해도 상식이나 타인의 시선 따위, 상관없다. 나는 내 행동에 의해 발생한 눈앞의 사건 속에서 가장 잘 풀릴 가능성이 높은 것을 선택하고 그 안에서 최선을 다했을 뿐이다.

하지만 쇼타는 돌연 죽어버렸다. 내 인생을 갑작스럽게 깊숙이 잘라낸 균열, 그것은 내 손이 닿지 않는, 내 어떤 능력으로도 닿을 길 없는 무심하고도 냉혹한 사실이었다. 쇼타가 부조리하게 죽어가는 이 세상에 의미 따위가 있을까. 갑작스럽게 균열이 불쑥 솟구쳐 오른다. 나에게 그 아이 없는 이 세상에서 웃으며 살라는 말인가. 내가 씩씩하게 살아주기를 그 아이도 바라고 있다. 보통 사람들은 나에게 그렇게 말할지도 모른다. 하지만 그런 닳아빠진 말은 필요 없다. 이 세계에는 닳아빠진, 누구에게나 기분 좋은 말이 넘쳐나서 나 같은 사람을 고통스럽게 한다. 많은 사람이 고개를 끄덕일 만한 말은 그 말에 고개를 끄덕일 수 없는 자들을 소외감으로 고통스럽게 한다. 수많은 사람이 고개를 끄덕일 만한 말에 모든 인간이 고개를 끄덕일 수 있는 것은 아니다. 그런 말은 넘치도록 많아서 이제 더 이상 필요 없다. 나 같은 인간에게도 와 닿는 말. 그런 말도 있을까. 나는 왜곡되었고 이 세계를 똑바로 볼 수가 없다. 그렇건만, 그러면서 왜, 나는 지금 이렇게 삶을 연장해보려고 하는가. 세상을 저주하고 잔뜩 뒤틀린 웃음을 지으며 깨끗이 죽어도 괜찮을 텐데.

기무라에게서 문자가 와 있었다. 비용을 입금할 계좌 번호, 여권은 예정대로 12월 6일에 입수된다고 적혀 있었다. 고맙다는 답신을 보내고 호텔 홍차를 타서 조금 마셨다. 그다음 문제는 여권을 받은 뒤에 어떻게 저들에게 들키지 않고 공항까지 가느냐는 것이다. 만일 둘 중 누군가 나를 감시하고 있다면 의심을 살 만한 행동을 해서는 안 된다. 홍차 잔에 힘겹게 굴절된 하얀 조명 불빛이 비추고 있다.

야다가 프런트에 맡겨둔 돈 봉투를 찾아 호텔을 나섰다. 이걸 저금하러 나온 것이라면 부자연스럽게 보이지 않을 것이다. ATM에 들어가 내 통장에 돈을 넣은 뒤에 기무라가 알려준 계좌로 송금했다. 무기질의 차가운 공간에 나 외에 다른 사람은 없다. 멀리서 감시하더라도 통장 거래의 세세한 부분까지는 알지 못한다.

밤거리의 불빛 아래를 걸으며 서서히 추위를 느낀다. 혼자인 것에는 익숙해졌지만 지금의 상황은 특수하다고 생각했다. 기자키는 아동 시설에 쇼타를 닮은 아이가 있다고 말했다. 한번 보고 싶지만 아무래도 위험하다. 약점이 생기면 도망갈 수 없고, 그 아이도 안전하지 않다. 지금의 나는 사람을 원하면 위험해진다. 바에 들어가 카운터에 앉아 위스키를 주문했다. 명확한 이성을 유지하기가 힘들다. 나는 지쳤다. 카운터 끝에 앉은 남자가 내게 시선을 보낸다. 짧은 머리에 청결하고 어깨 폭이 넓은 체격이라 정장이 잘 어울린다. 삶에 찌든 그림자도 없이 눈가에 힘이 있어 보인다. 지금 술에 취해서 저 남자에게 안겨볼까. 하지만 그런 다음에 내가 죽고 싶을 만큼 후회하리라는 게 뻔히 보인다. 깊이 사귈 기력도 없고 누군가를 통해 얻은 열기를 나 혼자 떠안는 것도 견딜 수 없다.

갑자기 휴대전화가 울려서 숨을 헉 삼킨다. 발신자 표시 제한, 다시 야다에게서 온 것이다. 들킨 걸까. 간격이 짧은 울림이 어쩐지 이상하다. 하지만 나는 그 정보에 책임을 질 수 없다고 애초에 말했다.

"내일 밤 아홉시, 이케부쿠로 북쪽 출구, 호텔 라페르테, 606호실로 가."

마음속의 동요를 억누르기 위해 담배에 불을 붙인다.

"…… 왜?"

"거기 와 있는 남자의 사진과 동영상을 찍어 와. 그 남자의 약점이 필요해. 네가 그자에게서 훔쳐 온 정보에서 떠오른 사람이야."

안 좋은 예감이 든다. 혹시 기자키가 이렇게 될 것을 예상하고 정보를 건네준 걸까. 하지만 무엇 때문인가. 무슨 꿍꿍이가 있는 건가. 가슴속에서 불길한 소리가 울린다.

"요즘 사이클이 너무 급한 거 아냐? 왜 또 나야?"

야다가 침묵한다. 수상쩍게 보여서는 안 된다. 조용히 숨을 들이쉰다.

"물론 나도 돈이 필요해. 하지만 지나치게 소모되는 거 같아. 좀 더 간격을 띄워주면 고맙겠는데."

"고려해볼게. 영상은 인편에 보내. 이번에는 내가 그 근처에 갈 수가 없어. 무슨 일 있으면 지금 알려주는 번호로

전화해. 부하가 받을 거야."

"…… 알았어."

야다는 번호를 알려주고 전화를 끊었다. 내가 약간 지나치게 야다 측에 깊숙이 발을 들이민 것 같다. 카운터 끝의 남자가 아직도 나를 쳐다보고 있다. 술을 더 마시면 내가 무슨 짓을 할지 알 수 없다. 남자 쪽을 돌아보지 않고 바를 나왔다. 거리의 네온 불은 계속 번쩍거린다. 하늘에 뜬 달은 보름달에 가깝다. 달은 기울어 사라졌다가도 다시 유연하게 모습을 드러낸다. 고대 사람들은 그 영구한 부활의 사이클을 보고 실제로 달을 향해 자신들의 재생을 기원했다. 재생. 내게도 그런 것이 가능할까. 문득 힘이 빠져서 피식 웃는다. 그보다 대체 무엇으로 재생할 수 있다는 것인가.

보름달이 되기 직전의 살짝 빠진 부분, 그 암흑의 틈새가 지상의 뭔가를 삼켜버리는 것 같다. 긴긴 밤. 나는 혼자서 어떻게 보내야 할까.

14

앞으로 이틀.

프런트를 무시하고 지나가 엘리베이터를 기다린다. 지저분하고 낡은 러브호텔. 6층 램프가 깜빡거리는 것을 보면서 상대 남자의 기척을 느꼈다. 이렇게 호텔로 들어가면 프런트에서는 성매매 여성이라고 생각할 것이다. 하지만 그 비슷한 것이라는 생각에 피식 웃었다.

줄곧 가슴속이 술렁인다. 안 좋은 예감이 이어졌지만 나는 주어진 일을 하는 수밖에 다른 선택의 길이 없다. 눈앞에서 엘리베이터의 문이 열린다. 당연한 일이지만 무기질의 그 네모난 공간은 내게 무관심하게 그냥 그곳에 있었다. 지금부터 펼쳐질 내 운명, 내 상황과는 관계없이 그냥 나를 실어 나른다.

엘리베이터에서 내려 침묵하는 몇 개의 문 앞을 지나간다. 606호실 문을 노크해도 대답이 없다. 숨을 깊이 들이쉬고 문을 열자 야다가 와 있었다. 뭐가 뭔지 모른 채 얼른 도망치려고 했을 때, 등 뒤에서 누군가 나를 덮친다. 등 뒤의 사내는 지난번에 내가 돌려준 권총을 가져갔던 남자다. 내가 한 일을 들킨 것일까. 하지만 나는 그 정보의 진위에 책임을 질 수 없다고 미리 말했었다. 숨을 쉬기가 힘들어진다. 야다가 소파에 앉아 무표정하게 나를 쳐다보고 있다.

핑크색 벽으로 뒤덮이고 거대한 침대가 있는 싸구려 호텔 방. 조명도 핑크색이어서 눈이 아프다. 몸은 동요하고 있는데도 왠지 의식은 조용했다. 놀람으로 흐트러진 나 자신을 무시하고, 도망치는 것에 집중하는 또 하나의 내가 느껴진다. 눈에 들어오는 색깔이 유난히 선명해진다. 둥근 헤드라이트가 주위에서 불쑥 도드라지는 것 같고 시곗바늘이 숨이 막힐 만큼 아름답고 예리하게 보인다. 희미하게 움직이는 공기의 흐름이 뺨이며 눈꺼풀에 느껴진다. 야다가 귀찮은 듯 담배에 불을 붙였다. 그가 항상 피우는, 여자들이 즐기는 가느다란 담배. 등 뒤의 남자가 다시 한 번 나를 떠민다. 그 무심한 힘에 나는 불쾌해진다.

"어떻게 된 거야?"

입을 연다. 목소리도 떨리지 않는다.

"말해봐. 아무 말도 안 하면 뭐가 뭔지 모르잖아."

"…… 그 정보는 진짜였어."

야다가 작은 소리로 말한다. 표정은 지쳐 있지만 그가 지닌 평소의 냉정함이 있었다. 몇 미터 거리에서 강하게 시선이 마주친다.

"완전한 정보라고 할 수 없는 부분도 신빙성이 있었어. 하지만 우리는 그걸 덥석 받아들일 만큼 바보가 아니야. 어느 지자체에서 수천억 엔 규모의 불투명한 사업에 관여한 기업과 그 배후에 있는 외국 기업들의 비합법적인 움직임. …… 그자는 그것들을 교묘하게 다른 건에 이용하려고 했어. 당연한 일이지만 우리는 그 정보의 신빙성을 확인하는 작업을 해야 했어. 정보는 진짜였어. 틀림없이. 하지만 그자는 머리가 좋아. ······ 우리가 정보의 진위를 확인하기 위해 했던 작업, 그 불가피한 작업에 덫이 있었어."

등 뒤에 선 남자와의 거리를 확인한다. 갑자기 허를 찌르더라도 도망칠 수 있을 것 같지 않다.

"우선 그 불투명한 사업 자체부터 조사해볼 필요가 있었어. 그것을 확인할 루트는 뻔하게 정해져 있지. ······ 그 일을 내 부하에게 맡겼어. 정보를 취급하는 몇몇 사람들을 비밀리에 만나고 몇몇 사람에게는 돈을 건네고 그 정보를 심사해서 결국 진짜라는 것을 알아냈어. ······ 하지만 그 부하의 움직임 중 한 가지에 덫이 있었어. 우리 쪽의 비합법적인 접촉, 담보로 내준 독자적인 정보 몇 가지를 그자가 뒤에서 슬쩍 물어 갔어. 믿기 어렵지만, 그자의 영향력이 벌써 거기까지 뻗쳐 있었던 거야. ······ 그자가 물어 간 것들이 공표되면 우리는 영 거북한 처지에 몰리게 돼. 우리가 그 정보가 진짜라는 것을 파악했을 때, 이미 그자는 목적을 이룬 다음이었어."

야다가 천천히 소파에 몸을 기댄다.

"시간 차를 이용한 그 교묘한 덫을 보면 이 정보가 의도적으로 우리에게 넘어왔다는 건 명백해. 세 가지 경우를 생각해볼 수 있어. 첫째는, 네 말대로 정말 그자에게서 정보를 훔쳐 왔을 경우. 하지만 그건 어려운 얘기야. 그자가 네게 일부러 정보를 훔쳐 가게 했다는 얘기인데, 그건 불확정 요소가 너무 많아. 네가 겁이 나서 아무것도 훔쳐내지 못하고 빈손으로 나오는 것도 충분히 가능하니까. 두번째는, 네가 둘 중 어느 쪽 편도 들지 않고, 나와 그자를 모두 속인 경우. 그런 진흙탕을 선택한 네가 할 수 있는 일은 도망이야. 위험한 방법이지만 자신의 안전을 생각하면 가장 유효한 작전이겠지."

가슴속에서 다시금 불길한 소리가 울린다.

"그리고 세번째는, 네가 나를 배신하고 그자에게 붙었을 경우. 네가 이 정보의 진위를 확인해보라고 내게 일부러 말했던 게 그렇게 생각하게 된 가장 큰 이유야. 나아가 네가 예전에 하세가와라는 자를 통해 술집에서 만난 인물이 곤도라는 이름을 사용한 그자였다는 사실도 밝혀졌어. 그런 점들을 보면 세번째 경우가 가장 가능성이 높다는 것을 알 수 있지. 내게 가짜 정보를 달라고 했던 것은 일단 나를 안

심시키기 위해서야. 너는 나를 배신하고 그자에게 붙었어."

일이 기묘하게 엇갈리면서도 서로 맞물려 있었다. 나는 열심히 생각을 굴렸다. 등 뒤의 남자가 거치적거려 견딜 수 없었다.

"어느 쪽일까? 두번째인가, 세번째인가. 지금부터 너에게 물어볼 생각이야."

만일 두번째 경우라고, 즉 사실 그대로 대답한다면 틀림없이 살해될 거라고 직감했다. 내가 도망치는 것을 야다가 내버려둘 리 없고, 이렇게까지 깊숙이 관련된 나를 그가 이제 와서 살려둔다는 것도 생각할 수 없다. 나는 아무 배경도 없는 평범한 여자이고, 수상한 사체가 그저 어딘가에서 발견될 뿐이다. 야다는 세번째라고 생각하고 있다. 오해를 부른 몇 가지 우연을 근거로 그는 그렇게 생각하게 되었다. 나로서도 그쪽이 더 유리할지 모른다. 야다가 크게 분노하겠지만, 기자키의 부하인 나를 잡고 있다면 그것이 야다에게도 더 가치가 있을 것이다. 목숨을 지키기에는 나 자신의 존재 가치를 높일 필요가 있다. 그리고 몇 가지 거짓말도…… 과연 잘될까.

“내 입으로 말할 수는 없어. 살해돼.”

“그렇다면, 세번째로군.”

나는 바닥에 주저앉은 채 고개 숙인 자세를 유지한다. 야다에게는 보이지 않겠지만 굳게 다문 입으로 강하게 어금니를 악무는 몸짓까지 보인다. 그것이 내 몸 전체에서, 억울한 가운데 뭔가 각오를 다진 분위기를 전해줄지도 모른다.

“그자 편으로 돌아섰다는 거야. 넌 어리석었어. 하지만 뭐, 좋아. 그자에 대해 아는 것을 모두 말해.”

“거절한다면?”

“네가 죽게 돼.”

“당신, 정말로 야다 씨야? 미친 거 같아.”

조용히 분노가 담긴 목소리를 낸다.

“뭐가?”

“모두 덫이라니까. 당신, 바보 아냐? 어이가 없네.”

나는 조금 거친 목소리를 낸다.

“그자의 목적은 당신을 실각시키고 이 세상에서 없애는 거야. 그런 정도는 알잖아? 우선 당신에게 그 정보의 진위를 확인하게 했어. 그것으로 그자는 당신을 무너뜨릴 정보를 손에 넣었어. 그다음에는 어떻게 될까? 화가 난 당신은 그런 정보를 가져온 나를 살해하겠지. 모두 그자가 꾸민 시나리오야. 당신, 이 호텔에 들어올 때 주위를 확실히 살펴봤어? 당신 부하들도 모두 다? 계속 기록되고 있어. 이번에는 당신을 살인자로 몰아붙이려는 공작이야. 당신 쪽에서 경찰이며 검찰을 모두 완벽하게 잡고 있다고 생각해? 검찰에도 여러 종류의 파벌과 이해관계가 있다는 것쯤은 당신도 알잖아? 그쪽에서는 이미 그중 일부를 끌어들였어. 나는 억지 유서까지 쓰고 나와야 했어. 당신에게 이용당하고 머지않아 살해될 거라고 말이야. 모든 게 그자의 시나리오야. 그걸 모르겠어? 나를 죽인 순간, 감시하고 있던 그들은 당신이 살인을 범했다는, 증거도 확실한 정보를 손에 넣게 돼. 누군가를 실각시킬 때 사법부의 힘을 이용하는 건 옛날부터 수없이 써먹어온 수법이잖아.”

　말을 내뱉으면서 나는 정말로 그럴지도 모른다고 생각했다. 그런 유서 따위는 쓰지 않았지만 그자는 내 유서를 쓴다고 했고 내 인생을 바꿔 쓰겠다고 했다. 이미 교묘하게 짜두었는지도 모른다. 어느 사건의 배후에서 활동했던 창녀의 이야기. 그자는 그렇게 말했다. 그 계획은 내가 그 아동 시설에 가지 않는 바람에 이루어지지 않았지만, 또 다른 시나리오가 이미 만들어졌는지도 모른다. 이미 만들어져서 나는 온갖 죄를 뒤집어쓰고 이렇게 죽게 되어 있는지도 모른다. 등 뒤며 목덜미가 썰렁한데도 나는 땀을 흘리고 있다.

"…… 알겠어? 그러니까 이제 내 목숨 차체가 덫이야. …… 당신이 취해야 할 행동은 한 가지밖에 없어. 계속 내게 속아 넘어가는 척하면서 그자를 거꾸로 속여 넘기는 것. 그것밖에 없어. 어떻게 그런 것도 모르지?"

야다가 계속 내 눈을 바라본다.

"그렇다면 너는 왜 도망치지 않고 이용당하고 있지? …… 살해될 줄 다 알면서."

"당신이 모두 눈치챘다고 생각했기 때문이야. 당신이 그자의 속임수에 넘어가는 일 없이 그 속임수에 계속 속아 넘어가는 척해줄 거라고 생각했기 때문에. 당신이 그 시나리오대로 나를 죽일 줄은 생각도 못했어."

"하지만 그러다가는 언젠가 한계가 다가와. 어떻게 할 생각이었지?"

“당신과 그자, 둘 중 하나가 사라질 때까지 버텨볼 생각이었어. 나는 이긴 쪽에 붙을 생각이니까. 나는 유능하거든. 죽이기에는 아깝다고 생각하겠지. 도망치다니, 그건 최후의 선택이야. 나는 그런 눈에 띄는 짓은 하지 않아.”

방이 고요해진다. 야다가 앉은 소파의 천, 그 섬유까지 왠지 또렷이 보이는 것만 같았다.

“그렇군. 앞뒤가 맞는 얘기이기는 해. …… 하지만 뭔가 마음에 걸려.”

야다가 조용히 그렇게 말한다.

“어이가 없네……. 그럼 나를 죽일 거야? 그자들이 감시하는 이 호텔에서? 나도 당신도 끝장이야. 뭐, 죽이고 싶으면 죽여. 이제 그만 지긋지긋해. 다 시시해.”

“어떻든 너를 돌려보낼 수는 없어.”

“그럼 어떻게 할 건데? 아직도 모르겠어?”

그때, 휴대전화가 울렸다. 숨을 헉 삼킨다. 만일 기자키에게서 온 것이라면 나는 이번에야말로 불리한 입장이 될지도 모른다. 하지만 울린 것은 야다의 휴대전화였다. 전화를 받은 그의 표정이 동요한다. 그것은 내가 다른 남자의 사진을 찍었다고 말했을 때의 그 표정과 비슷했다.

"잠시 자리를 비워야겠어. …… 잘 감시하고 있어."

야다가 내 옆을 지나 등 뒤의 문으로 나간다. 혼자 남은 남자는 내게 총구를 향하고 뭔가 생각하는 게 있는지 텔레비전 스위치를 켠다. 뉴스가 흘러나온다. 일본의 장관이 회담을 위해 방문한 아프리카의 산유국에서 테러를 당해 동행한 비서며 경호원과 함께 사망했다. 해당 부서의 고위직 공무원 몇 명이 이 사건 이후 곧바로 자살했다는 뉴스였다. 속보가 이어지는데, 도주 중이던 증권회사 임원의 사체가 발견되었고 독립 행정법인의 임원들이 탄 마이크로버스가 사고를 당해 운전기사를 제외한 전원이 사망했다. 등 뒤의 남자가 작은 탄식을 흘렸다. 자리에서 일어서려는 내게 다시 총구를 향한다. 나는 남자를 정면으로 마주 보았다. 몸집이 크다.

"이봐요, 나를 놔줘요."

"…… 움직이지 마. 그리고 입 다물어."

남자는 계속 총구를 내게 겨눈다. 눈에 띄지 않는 평범한 양복을 입고 있다. 에어컨 바람에 얇은 커튼이 힘겹게 흔들린다.

"소용없어요. 당신은 나를 쏘지 못해. 아까 하는 이야기, 다 들었죠? 당신 마음대로 나를 죽였다가는 야다가 당신을 용서하지 않을걸요. 그러니까……."

천천히 자리에서 일어나 침대에 앉는다.

"거봐요, 내가 이렇게 마음대로 움직여도 당신은 나를 쏘지 못하죠."

남자가 나를 노려본다. 나는 눈을 둥그렇게 뜨고 뺨을 불그레하게 물들인다.

"여자하고 둘이서 한 방에 있는데, 당신은 아무것도 안 해요?"

"…… 뭐?"

"시간, 충분하잖아요? 난 또 당신이 나를 덮치고, 나는 싫다고 안 된다고…… 그런 대화가 시작될 줄 알았는데."

나는 미소를 짓는다. 그는 나를 쏘지 못하겠지만 실수로 발사될 우려가 있다. 이 남자도 똑같은 생각을 하는 게 틀림없다. 발사가 우려되는 상황이 되면 그도 일단 권총을 내려놓을 터였다.

"그런 수법에는 넘어가지 않아."

"그런 수법이라고? 아하하하, 드라마를 너무 많이 봤군요. 키스쯤은 해도 괜찮잖아요? 실컷 만져도 괜찮은데. 잠깐이면 들키지도 않아요."

"…… 입 다물어."

"아이, 재미없는 사람이네. 내가 이렇게 장난을 치는데도 여전히 뻣뻣하게 굴고. 하지만 나는 지금까지 당신이 경험한 여자 중에 아마 가장 좋을 거예요. …… 모르겠어요?"

"그런 유혹은 통하지 않아."

"그렇다면…… 별수 없네."

나는 내 블라우스 옷깃을 쥐어뜯는다. 단추가 떨어져 짧게 튀었다.

"뭐 하는 거야?"

"지금부터 옷을 발기발기 찢고서 당신이 나를 덮쳤다고 할 거야."

"뭐라고?"

"야다는 아마 미친 듯이 화를 내겠죠. 요즘 그 사람이 내게 특별히 집착한다는 건 당신도 알고 있죠? 게다가 여자

하나 제대로 감시하지 못했으니 부하로서도 실격이에요. 당신은 그 사람의 눈 밖에 나는 거예요."

"미친 짓 하지 마."

"할 거예요. 나를 탐내지 않다니, 그런 남자는 어떻게 되건 상관없어. 당신을 끌고 들어가서 함께 죽을 거야."

나는 다시 단추를 뜯고 거친 손짓으로 스커트 지퍼를 내렸다. 남자는 혀를 차며 권총을 소파에 내려놓고 나를 힘으로 제압하려고 손을 내밀었다. 몸이 닿는 순간에 나는 벨트에 끼워둔 전기 충격기를 남자의 배에 들이댔다. 흰색 빗금 같은 빛, 공기를 튕겨내는 딱딱한 파열음이 울린다. 몸을 웅크린 남자에게 불안을 느껴 다시 한 번 전기 충격기를 들이댔다. 남자가 숨을 헉헉거리면서 뭔가 부르짖는다.

"사실은 드라마처럼 기절해주면 좋은데."

나는 남자의 턱을 손으로 잡고 반지를 돌려 위장한 보석을 아래로 향해 뚜껑을 열고 가루약을 남자의 입에 털어 넣었다.

"아파서 삼킬 수 없는 모양이네. 힘들 거야. 하지만 괜찮아, 억지로 넣을 수 있으니까."

나는 냉장고의 맥주를 꺼내 남자의 벌어진 입에 부었다. 갑작스럽게 몸이 뜨거워진다. 남자가 고통스럽게 맥주를 토해내려고 한다. 나는 다시 붓는다.

"…… 괜찮아. 독약은 아니니까."

15

이제 하루.

조명등도 켜지 못한 채 나는 침대에 누워 있다.

고요히 가라앉은 간소한 방 안에 멀리서 신음하는 모터 소리가 울린다. 나는 태아처럼 몸을 둥글게 웅크린다. 숨을 천천히 들이쉬고 내쉰다. 내가 아직 살아 있다는 게 신기하기만 하다.

눈 앞 어둠 속의 테이블에 검은 권총이 놓여 있다. 그 남자에게서 빼앗아 온 무기. 야다는 내게 일을 의뢰할 때마다 비밀리에 움직이고 항상 자신이 직접 나왔다. 그래서 그때도 함께 따라온 부하는 그 남자 한 명뿐일 거라고 생각했지만 혹시 모르니까 주의가 필요했다. 그 남자 외에도 부하가 있다면 나는 총을 쏠 생각이었다. 남자용 총이라 제대로 사용할 수 있을지는 모르지만, 설령 상대가 야다였어도 나에게는 선택의 여지가 없었다. 문을 살짝 열고 그 틈새로 주위를 살펴본 뒤에 엘리베이터를 피해 비상계단으로 내려왔다. 공기가 유난히 차가워서 작은 소리가 날 때마다 발을 멈추고 몇 번이나 뒤를 돌아보았다. 하지만 다른 부하의 모습은 보이지 않았다. 나는 택시를 갈아타며, 몇 번이나 몇 번이나 갈아타며, 요코하마의 이 비즈니스호텔까지 도망쳐 왔다.

나는 왠지 에어컨의 작은 초록색과 빨간색 램프를 가만히 바라본다. 오늘 저녁에 기무라에게서 여권을 받고, 내일 아침 일찍 나리타공항으로 갈 예정이었다. 하지만 이제 그럴 만한 시간적인 여유가 없다. 입수하자마자 오늘 안으로 일본을 떠날 것이다. 만일 그들이 어떤 방법으로든 탑승 기록을 본다고 해도 다른 이름으로 적힌 나를 확인할 도리는 없다. 일단 해외로 튀어버리면 쫓아올 방법은 없다. 나에게 그들이 그렇게까지 공을 들일 거라고는 생각되지 않는다. 기껏해야 국내를 뒤져보는 정도일 것이다.

휴대전화가 울려 숨을 헉 삼킨다. 기무라에게서 온 것이어서 서둘러 전화를 받는다. 그에게 내가 이렇게 매달리게 될 줄은 생각도 못했다. 하지만 더 이상 시간이 없는 나에게는 선택의 길이 없다.

"다 됐어. 여덟시에는 줄 수 있어."

"내가 어떻게 하면 돼?"

"그게 말이지, 실은 지금 내가 감시당하는 상태야."

심장이 불길한 소리를 내며 두근거린다.

"…… 누구에게?"

"경찰."

침착해지기 위해 담배를 찾는다.

"마약을 좀 중개했는데, 깜빡 지뢰를 밟았더라고. 아무튼 감시가 붙어서 난 움직일 수가 없어."

나는 가슴이 문드러질 만큼 한숨을 내쉰다. 이 사람이 지금 뭘 하는 건가.

"…… 어떻게 하라는 거야?"

"그러니까 직접 와서 가져가. 아무래도 나는 밖에 나가지 않는 게 좋겠어. 이케부쿠로 그릴호텔 지하 주차장, 여덟시야. 상대도 너한테 얼굴을 드러낼 형편이 아니야. 히로시마 번호판의 검은색 세단. 키는 열려 있어. 조수석 대시보드 안에 넣어둘게. …… 괜히 이상한 짓은 하지 말아줘. 상대도 가까이에 있을 거니까."

"…… 만일 없으면?"

"그럴 일은 없어. 이상한 말이지만, 이쪽 업계는 신뢰가 무엇보다 중요하니까."

나는 전화를 끊는다. 이케부쿠로. 가고 싶지 않다. 만일 기무라가 말썽을 일으킨 문제 때문에 경찰이 와 있다면 어떻게 해야 할까. 다시 귀찮은 일이 한 가지 불어난다. 왜 그런지는 모르겠지만 안개가 서린 냉혹한 건물과 건물들에 나 자신이 둘러싸여 있는 것 같다. 경찰이 나와 있을 경우를 생각하면 권총은 소지하지 않는 게 좋다.

머리를 검게 물들이고 안경을 쓰고 인플루엔자를 염려하는 사람처럼 큼직한 마스크를 썼다. 권총에서 탄알을 빼고 지문을 닦아낸 뒤에 종이봉투에 넣었다. 호텔을 나와 근처 백화점 탈의실에서 풍경에 섞여드는 침착한 색깔의 옷을 사서 갈아입었다. 면바지에 검은 스웨터와 회색 코트. 혹시나 해서 구두와 가방도 바꿨다. 벗은 옷은 어떻게 해야 할까. 누군가에게 부쳐주려고 해도 내게는 그럴 만한 사람이 없다. 쓰레기통에 처넣고 싶지는 않다. 나는 문득 슬퍼진다. 발렌시아가 코트와 블라우스, 클로에 스커트, 게다가 코치 백과 하이힐. 내버리고 싶지 않다. 마음에 들어서 아끼던 물건들이다. 이런 판국에 내가 대체 무슨 생각을 하고 있는 건가.

옷 입는 것을 거들어준 점원을 보았다. 이런 수수한 매장에서 일하기에는 아직 젊고 아름다운 아가씨다. 키도 나와 비슷하다. 피곤한지 눈이 불그레하게 젖어 있다.

"…… 저기, 이 옷."

"네, 들고 가기 힘드시면 저희가……."

"아뇨, 괜찮으면 이 옷……."

그녀가 이상하다는 듯 나를 바라본다.

"내가 사정이 있어서 되도록 수수한 옷으로 나가야 해요……. 지금 해외로 떠날 예정인데, 원래 남에게 옷을 주는 게 취미인 데다 당신이라면 잘 어울릴 거예요. 받아줘요. 제발 부탁이에요."

그녀는 당황하고 있다. 그럴 만도 하다. 이 제안은 누가 보더라도 기묘하다. 하지만 나는 고집을 부린다.

"부탁이에요. 그냥 내버리는 것보다는 당신이 받아줬으면 좋겠어요. 제발."

그녀는 손님의 기분을 상하게 할까 봐 걱정스러웠는지 내 제안을 받아주었다. 괜찮을 것이다. 그녀라면 아마 버리지 않고 입을 것이다. 혹시 입지 않더라도 누군가 어울릴 만한 사람에게 보내줄 것이다. 나는 백화점을 나와 택시를 잡았다. 그다음에는 권총을 버리는 일이 남아 있다.

넓고 긴 도로를 타고 요코하마에서 도쿄로 향했다. 도쿄 방향으로 뜬 달이 왠지 나를 유혹하는 것처럼 보였다. 잠을 못 잔 탓인지 머리가 멍하다. 자동차 시트에 몸을 맡긴다.

"뒤따라오는 차, 없지요?"

나는 왜 이런 걸 묻고 있을까. 지쳤다. 몸도 무겁다.

"현재로서는, 없어요. 근데 왜요?"

"아뇨……. 폐가 된다면 내릴게요."

“아니, 아니, 괜찮아요. 혹시 수상한 차가 따라온다면 따돌려드릴 테니.”

운전기사의 얼굴을 비스듬히 뒤쪽에서 바라본다. 예순 살쯤일까. 왜 그런지 미소를 짓고 있다.

“저어, 아저씨, 운전 몇 년쯤 하셨어요?”

“벌써 삼십 년째예요. 걱정 말아요. 내가 길이라면 빠삭하게 알고 있으니까.”

이 운전기사는 누구일까 하고 생각했을 때, 휴대전화가 울렸다. 하세가와에게서 온 것이었다. 받을까 말까 망설였지만 괜한 의심을 사는 것보다는 받는 편이 낫다. 그는 왜 그런지 숨을 헐떡이고 있었다.

“아, 다행이다. 지금 어디야?”

“…… 뭐? 웬일이야?”

수화기 너머에서 시끄러운 소리가 난다. 내 주위를 항상 둘러싸고 있는 듯한, 윤곽이 확실치 않은 기묘한 소리. 차창에 이슬이 맺혀 축축하게 젖는다.

“기자키 씨가…… 아무래도 맡길 생각인 거 같아. 유리카에게 다음 일을……. 근데 그건 너무 위험해. 너무 위험한 일이야. 그러니까……."

그가 크게 숨을 들이쉬는 기척이 들린다.

"나하고 함께 도망치자."

"너, 왜……."

"자세한 이야기는 나중에 하고. 지금 어디 있어? 내가 준비 다 해뒀어."

"아니, 글쎄……."

"나는 너를 좋아해. 알지?"

창 너머로 바깥을 바라본다. 낯선 거리의 낯선 네온 불. 수많은 하얀 불빛이 눈앞의 창에 계속 어른거린다. 어렸을 때 보았던 하세가와의 명랑함. 지금도 그런 분위기가 그의 표정에 있는 것 같다는 생각이 든다. 나는 휴대전화를 든 채 자동차 시트에 몸을 기댔다.

다른 사람은 어떤지 모르지만 나는 누군가를 좋아해도 될지 말지 망설일 때, 대부분의 경우 이미 그 사람을 좋아하고 있었다. 외로움의 감정은 눈앞의 가능성을 간절히 원하고 만다. 함께 자고 싶기도 했지만 그보다는 누군가 나를 꼭 안아주었으면 싶었다. 하지만 거기에는 두려움도 있었다. 그래서 상대가 내게 적극적으로 말해주도록 유도하고 그것을 발판으로 삼아 상대를 받아들였다.

하지만 나는 이미 지쳤다. 누군가에게 푹 빠져 나 자신을 상실하는 쾌락이나 고통도, 나라면 상대를 변화시킬 수 있다는 믿음도, 그다지 좋아하지도 않는 상대를 받아들이느라 상대와 나 자신에 대해 죄책감을 품는 것도. 하지만……. 나는 생각을 멈추고 피식 웃는다. 지금 그런 생각을 할 상황이 아닌 것이다.

"아니, 관둬. 너의 그 제안은 받아들이지 않겠어."

"뭐라고?"

낯선 거리가 흘러가고 다시 낯선 거리가 저 멀리 보인다.

"나는 네가 정말 하세가와인지 내내 의심스러웠어. 그런 식으로 우연히 만난 것도, 어릴 적 친구였던 네가 그런 사람의 부하로 갑작스럽게 나타난 것도 어딘지 부자연스러웠어."

나는 자동차 시트에 기댄 몸을 일으킬 수가 없다.

"하지만 너에게는 분명하게 그의 자취가 있어. 딱히 그를 좋아했던 건 아니라서 그리 많은 건 기억나지 않지만, 분위기는 분명 그의 것이었어. 하지만 역시 위화감을 씻어낼 수 없어. …… 네가 정말 하세가와인지는 결국 알아내지 못했지만 그래도 이것만은 알아. 네가 나를 좋아하지 않는다는 것쯤은. …… 나도 지금까지 살아오면서 많은 일을 겪었으니까 그런 것쯤은 알아. 나를 좋아하지 않는 네가 나한테 좋아한다고 하고, 함께 도망치자고 하고 있어. …… 그건 말하자면 네가 나의 적이라는 뜻이겠지.”

“그렇지 않아.”

“너, 뭔가 실수한 거지? 무슨 꿍꿍이가 있는지 모르겠지만 아동 시설에 나오라고 했는데도 내가 나가지 않는 바람에 너는 나와 친해지지 못했어. 처음을 빼고는 겨우 두 번밖에 만나지 못했지. 내가 너를 좋아하게 만들기에는 시간이 너무 짧았어. 그렇잖아?”

“무슨 소리야? 아무튼 만나서 얘기하자. 지금 어디야?”

“…… 목소리가 벌써 달라졌네. 너는 방금 나눈 짧은 대화 중에 내가 어디 있는지 벌써 세 번이나 물었어. 지금 아마 차가운 눈빛을 하고 있겠지? …… 자, 그럼 이만.”

전화를 끊었다. 나의 내면 깊은 곳에 이걸로 괜찮다고 생각하는 내가 있다. 나의 지금까지의 경험도, 나의 직감 같은 것도 이걸로 괜찮다고 감지한다. 하지만 지친 내 감정은 흐트러져 있었다. 흐트러질 필요가 없다는 걸 뻔히 알면서도 뭐가 뭔지 알 수 없게 갑자기 눈물이 나려고 했다.

"…… 정말 뒤따라오는 차 없어요?"

운전기사에게 다시 묻고 있었다. 이 질문은 의미가 없다. 내 목소리에는 눈물이 섞여 있었다. 나는 불안하고, 지쳤다.

"괜찮아요. 만일 따라오는 차가 있으면 내가 바로 알려드리죠."

"혹시 내가 범죄자일 수도 있는데요? 뒤따라오는 게 경찰이라도 그렇게 해주실 거예요?"

"예, 그러지요."

차 안이 조용해진다. 엉뚱한 내 질문에도 이 운전기사는 묘하게 조용하다.

"나는 운전기사예요. 손님의 요청에 응해야지요. 상대가 누가 됐건 내 능력이 닿는 한, 손님의 요청에 응할 겁니다."

"아저씨가 잡혀가더라도요?"

"잡혀가긴요. 그렇게 할 수밖에 없었다고 말하면 되지요. 게다가 아가씨는 나쁜 사람도 아닌 것 같고."

"……어떻게 알아요?"

"글쎄."

나는 운전기사를 다시 바라본다. 나이 든 사람이다. 이상한 사람. 하지만 왠지 마음이 조금쯤 편안해진다.

하지만 이런 이야기를 나누었어도 택시에서 내리면 이제 두 번 다시 그를 만날 일은 없다. 내 인간관계는 모조리 이렇다. 내 미래를 쥐고 있는 기무라에 대해서도 나는 잘 알지 못한다. 문득 눈을 떴을 때, 내가 잠깐 졸았다는 것을 깨달았다. 이케부쿠로의 마루이 빌딩이 멀리로 보인다. 기무라까지 이 일에 휘말리게 할 수는 없다. 사거리 도로 위에서 택시를 내려 마스크를 썼다.

부자연스럽게 주위를 둘레둘레 살펴볼 수는 없다. 안경을 쓴 데다 머리 색깔도 옷차림도 달라진 나를 멀리서 알아보기는 어려울 것이다. 하지만 이대로 주차장에 가서는 안 된다. 만일 경찰이 잠복 중이라면 내 가방에서 권총을 찾아낼 것이다.

어설프게 내버렸다가 이상한 사람이 주워 가서 사용한

다면 그것도 뒷맛이 개운하지 않다. 하지만 편의점 쓰레기 통은 가게 앞에 방범 카메라가 있다. 우편함이 눈에 띄어서 다가갔다. 이곳이라면 카메라도 없고 안전하게 버릴 수 있다. 게다가 총을 발견한 우체국 직원이 어떻게든 처리해줄 것이다. 나는 종이봉투째 우편함에 밀어 넣고 급히 그 자리를 떠난다.

경찰차들이 많다. 무슨 사건이라도 터진 것일까. 복합 빌딩의 전광게시판에 외교관 두 명이 자살했다는 뉴스가 흐르고 있다. 특정한 주가가 급격히 뛰어오르고 부자연스럽게 떨어진 것도 있었다. 하지만 나와는 관계없는 일이다. 혹시 여권을 손에 넣지 못한다면 일단 도쿄를 떠나자. 무사히 입수한다면 그다음은 공항이다. 감시를 당한다면 따돌리는 수밖에 없다.

달이 정확히 호텔 뒤편에 떠 있었다. 왠지 나는 그것을 멍하니 보고 있다. 호텔 안으로 들어가 프런트를 지나서 엘리베이터를 타고 지하로 내려간다. 가슴의 두근거림이 지겨울 만큼 빠르다. 정말 멀리까지 왔다, 라고 생각한다. 하지만 감상에 젖는 것은 모든 일이 무사히 끝난 다음에 해야

한다.

엘리베이터 문이 열리고 컴컴한 주차장으로 나갔다. 왜 그런지 콘크리트 지면이 군데군데 거무스레하게 젖어 있다. 차는 거의 없었다. 히로시마 번호판의 검은 세단. 숨이 가쁘고 몸이 자꾸만 썰렁해진다. 사람은 눈에 띄지 않는다. 괜찮아. 이제는 여권이 있느냐 없느냐 하는 것뿐이다.

숨을 멈춘다. 뭔가 할 때는 이렇게 숨을 멈춰야 집중할 수 있다. 차 문을 잡았다. 어슴푸레한 은빛 손잡이에 희미한 빛이 반사하고 있다. 손끝에 냉기가 흐른다. 지겨울 만큼 심장이 빠르게 두근거린다. 달칵 소리를 내며 차 문이 열린다. 잠겨 있지 않다. 인기척이 느껴져 돌아보니 작업원이 엘리베이터에서 내려서는 참이다. 나는 그를 응시한다. 정말 작업원일까. 몸집이 크다. 어떤 일이 생기든 대처할 수 있도록 내가 달아날 방향을 생각하며 그를 계속 지켜본다. 하지만 작업원은 나를 쳐다보는 일 없이 주차장의 좀 더 안쪽으로 들어간다. 그는 멀리서 브러시를 집어 들고 있다. 브러시 끝에서 물방울이 떨어진다. 나는 크게 숨을 내쉬었다. 그 작업원 한 사람뿐, 주위에 다른 사람의 모습은 없다..

운전석 문을 열고 대시보드를 열었다. 이상할 만큼 손에 떨림은 없었다. 운전석에 앉아 대시보드를 뒤진다. 손끝이 눅눅해져간다. 있을까. 서류 속에 섞여 있는 검은 봉투. 열어보니 여권이 들어 있다.

그 순간, 가슴 안쪽에서 둔한 아픔을 느꼈다. 운전석 등 뒤에 인기척이 있었다. 백미러 너머로 눈이 마주쳤다. 나는 꼼짝도 할 수 없었다. 뒷좌석에 기자키가 앉아 있었다. 왠지 모르지만 나는 이렇게 되리라는 것을 예감하고 있었다고 생각한다. 몸의 힘이 스르륵 빠져나간다.

"…… 차를 출발시켜."

16

가장 갖고 싶은 것은 내 손에 들어오지 않는다는 걸 깨달은 게 언제쯤이었을까.

지금도 나는 그것을 갖고 싶은 것일까. 만일 그것이 내 손에 들어온다면 무엇을 할까.

나는 책가방을 등에 메고 정비되지 않은 흙길을 한없이 걷고 있었다. 아동 시설에서 도망치려고 했던 것일까. 아니면 잠깐 옆길로 새고 싶었을까. 내 더러운 운동화가 좀 더 더러워진다고 멍하니 감지하면서 나는 똑바로 강가를 걷고 있었다.

멀리 수많은 불빛이 보였다. 이전에도 한 번, 멀리서 그 불빛들을 본 적이 있다. 이 작은 마을에 새로 들어선 거대한 쇼핑몰. 그 빛이 내게는 눈이 부셨다. 왠지 눈이 아플 만큼 그것은 눈부시게 느껴졌다.

그때 왜 나는 그 눈부신 빛 속으로 들어가려고 했을까. 그 빛이 다정했기 때문일까. 빛은 다가가면 갈수록 나를 감싸주는 것 같았다. 벽돌이 깔린, 광장처럼 폭이 넓은 거리. 조명이 밝혀진 분수와 꽃들. 그것을 둘러싸듯이 늘어선, 반짝반짝 빛나는 다양한 가게들. 멀리서 보면 나도 그 빛의 무리 속에 있는 것처럼 보인다고 생각했다.

내 더러운 운동화가 그 환한 빛 아래에서 유난히 두드러진다는 것을 깨달을 때까지 약간 시간이 걸렸다. 나는 창피해서 벤치를 찾아내 책가방을 등에 멘 채 거기에 앉았다. 어른의 손을 잡고 나온 조그만 남자애가 앞을 지나갔다. 그 아이의 손에는 소프트아이스크림이 있었다. 그것은 하얗고 자랑스러워 보이고 달콤해 보이고 예뻤다. 나는 왠지 그걸 갖고 싶다고 느꼈다. 하지만 내 수중에는 칠십 엔밖에 없었다. 뭔가 갖고 싶다고 말하면 아동 시설 선생님들에게 폐가 된다. 엄밀히 말하면 그 칠십 엔도 내 것이 아니었다.

나는 벤치에 앉은 채 주위를 내내 바라보았다. 장난치면서 웃는 커플을. 할머니에게 붕어빵을 사달라고 조르는 빨간 옷의 소녀를. 큼직한 종이봉투를 여럿이서 들고 가는 가족을. 그래도 기어코 손을 맞잡으려고 하는 그 가족의 아이들을. 얼마나 그러고 있었을까. 문득 정신을 차렸을 때, 몸집이 크고 베이지색 스웨터를 입은, 어깨 폭이 넓은 아저씨를 나는 골똘히 쳐다보고 있었다. 그가 입은 스웨터는 무척 부드러워 보였다. 나는 그것을 만져보고 싶다고 생각했다. 그가 손을 흔들어주는 쪽에는 아주머니와 작은 소녀가 있었다. 소녀는 아동용 오렌지색 다운재킷을 입고 손에 예쁜 풍선 두 개를 들고 있었다.

희미하게 바람에 흔들리는 그 파란색 흰색 풍선의 움직임을 바라보며 나는 왠지 머릿속이 자꾸만 멍해졌다. 아저씨는 담배를 꺼내 들고 이것만 피우면 가자는 손짓을 보내고 있었다. 아주머니와 소녀가 어딘가로 걸어갔다. 오렌지색 다운재킷은 저 소녀보다 내가 더 잘 어울릴 텐데. 저 소녀보다, 저 아주머니보다 더 예쁘게 차려입으면 내가 사실은 더 예쁠 텐데. 나는 왠지 그런 생각을 하고 있었다. 아저씨는 담뱃불을 붙여 맛있다는 듯 피웠다. 내가 앉은 벤치에서 조금 떨어진 벤치에 앉아 있었다.

나는 그 아저씨가 내 쪽을 좀 봐줬으면 좋겠다고 생각했다. 부드러워 보이는 스웨터를 입고 아름다운 구두를 신고 얼굴도 착해 보이는 그 큼직한 아저씨가. 나는 아저씨를 골똘히 쳐다보았다. 하지만 그는 내게 잠깐 시선을 던졌을 뿐 곧바로 고개를 돌렸다.

그 순간, 왜 그런 생각이 떠오른 것일까. 먼 기억이라기보다 어떤 이미지에 가까운 뭔가 희미한 것을 나는 머릿속에 떠올리고 있었다. 아동 시설에 들어오기 전, 내 가까이에 있었던 것 같은 젊은 여자. 그 여자의 살짝 틀어진 옷 사이로 내보이던 부드러운 어깨의 굴곡. 짧은 스커트 밑으로 항상 보이던 가늘면서도 육감적인, 부드러워 보이는 살빛의 다리. 나는 모기에게 물린 자리를 긁듯이 내 허벅지를 긁었다. 그래서 내 스커트는 말려 올라가 있었다. 하지만 아저씨는 내 쪽을 쳐다보지 않았다. 심장의 두근거림이 불가해하게 빨라졌다. 나는 내 스커트를 조금씩 조금씩 말아 올렸다.

빰을 붉히며 어린애답지 않은 기묘한 웃음으로. 나는 그 부드러워 보이는, 얼굴도 모르는 여자의 살빛을 생각해내려고 했다. 아저씨가 나를 쳐다보았다. 내 하얗고 비쩍 마른 아랫도리의 속옷을. 몸이 뜨거워진 것은 그때가 처음이었다. 아저씨는 얼굴에 놀란 표정을 드러냈다. 나는 그를 향해 웃었다. 이런 어린아이에 대한 남자의 일탈, 그 광기를 허락한다는 듯한 웃음을. 아저씨가 자리에서 일어나는 바람에 나는 숨을 꿀꺽 삼켰다. 주위를 살피면서 아저씨가 내게로 다가왔다. 공포와 당황 속에서 내 몸은 왜 그런지 내내 뜨거웠다. 아저씨가 내 팔을 만지며 그 자리에 쪼그리고 앉았다. 나와 눈높이를 맞추듯이.

"그런 짓을 하면 안 되지."

아저씨는 다정하게 말했다. 나의 공포도 당황도 몸의 열기도 아랑곳하지 않는 웃음. 문제가 있는 어린애를 차마 무시하지도 못하고, 내가 원하지도 않은 선의에 따라 그저 잠깐 타이르려는 듯이.

"미아인가? 내가 사람을 불러오마."

아저씨가 조용히 일어서려고 했다. 그의 손가락에 끼워진 예쁜 은반지가 내 팔에 차갑게 닿은 것 같은 느낌이 들었다.

그때 나에게 일어난 일을 논리적으로 설명하기는 어렵다. 나는 벤치에서 내려와 순간적으로 내 속옷을 질질 끌어내린 뒤에 불이 붙은 듯이 울었다.

그건 어쩌면 부조리한 복수였는지도 모른다. 그 아저씨에 대해서라기보다 나를 둘러싼 인생이라는 것에 대한. 내 마음속과는 상관없이 내 주위를 결정해나가는 이 세계의 의지 같은 것에 대한. 내가 원하는 대로 되지 않을 거라면 죄다 부서져버려. 설령 내가 원하는 대로 된다고 해도 이제 다 부서져버려. 버림받기 전에, 관심 없다고들 생각하기 전에, 내가 이 세계를 배신해버리면 된다. 나는 몸에 열기를 느꼈다. 뜨겁게, 어떻게도 할 수 없을 만큼 뜨겁게. 아저씨는 놀라면서 여전히 나를 부드럽게 밀쳐내는 듯한 친절한 웃음을 지으려고 했다. 하지만 아저씨에게는 시간이 없었다. 아저씨는 안전한 장소로, 내게서 벗어나 어딘가 안전한 장소로 도망치듯이 멀어져갔다. 아저씨와 자리를 바꾸듯

이 경비 완장을 찬 젊은 남자가 뛰어왔다. 나는 나 자신을
이렇게 만든 남자의 특징을 말했지만 그의 모습은 이미 없
었다. 느닷없이 경비 남자가 내게 강한 시선을 던지는 것을
알았다. 내 다리에 걸린, 둘둘 말린 하얀 속옷에. 남자는 뺨
이 불룩해지며 그리 좋아하는 얼굴이 아니었다. 나는 분노
를 느끼고 속옷을 벗어 호주머니에 쑤셔넣었다.

저 멀리 달이 있었다. 내가 한참 더 어렸을 무렵부터 줄
곧 바라보던 달. 왜 그때의 가득한 달은 빨갛고 강하게 보
였을까. 그것은 희미하게 걸린 구름 너머에서 투명한 빛을
뿜고 있었다. 뭔가의 탄생을 조용히 축하하듯이.

17

내가 어디를 달리는지 알지 못한다.

어두운 길을 속력을 올리지 않고 달린다. 기자키가 세 번 길을 지시했고 그 말대로 모퉁이를 돌자 어디가 어딘지 알 수 없게 되었다. 등 뒤에서 희미한 웃음을 짓는 기자키를 의식하면서, 나는 언제부터 이 남자의 통제 아래, 이 남자의 상상 속에 들어와 있었을까 하고 생각한다. 기자키가 다시 지시를 내리고 나는 핸들을 기울인다. 아니, 그보다 나는 원래 내 인생이라는 것 속에 있었다. 그건 당연한 일이지만, 나는 때때로 신기하다고 생각하곤 했다. 어렸을 때, 나의 양

부모가 될까 말까 망설였던 아저씨와 아주머니가 생각난
다. 그때 아동 시설 직원과 그 부부 사이에 오고 간, 어떤 쪽
으로든 굴러갈 것 같은 불균형한 이야기를 들으면서 내 인
생이 타인에 의해 급변하는 신기한 일을 나는 경험했다. 결
국 내 쪽에서 그 부부를 거부했지만, 그것은 내 인생을 둘
러싼 뭔가를 거부한 짓이었을까. 그게 아니면 그들을 거부
하는 것으로 나는 내 인생 속에 뛰어든 것일까.

"이봐요."

내 목소리는 왠지 작았다.

"…… 당신은 누구예요?"

"흠, 글쎄."

차는 좁은 골목길을 지나간다. 가로등이 없다. 주위가 주
택인지 상점인지도 알 수 없다.

"그 술집에서 하세가와의 제안을 거절하고 일단 내게서
벗어났던 네가 다시 내 밑으로 왔어. …… 생각해보면 아주
기묘한 힘이야."

"나는……."

"뭐가 뭔지 모르겠다고? 나는 불가해한 심정으로 죽는

사람의 얼굴을 보는 것을 좋아해. …… 하지만 뭐, 괜찮겠지. 지금 내가 기분이 아주 좋아. 조금만 알려주지.”

멀리 가로등이 보이고 자동차는 어딘가 넓은 길로 나섰다. 몸에 땀이 나기 시작한다.

“우선 야다 얘기부터 할까. 그자는 이제 곧 죽어. …… 그자는 아직 말단이지만 그자가 속한 곳은 거대해. 그자는 거기서 버림을 받을 거야.”

“…… 어떤 곳인데요?”

“이 나라의 기득권을 마음껏 누리며 사는 자들. 어떤 조직이나 단체가 아니야. 간단히 말하면 그 집합체 중의 하나야. …… 혁명을 상상해보면 좋겠지.”

남자가 등 뒤에서 담배에 불을 붙인다.

“민중이 들고일어나 왕을 쓰러뜨렸다고 하자. 그러면 새로운 사람들이 권력을 잡겠지. 하지만 그런 다음에 새로운 권력자 주위에는 다양한 인간들이 무리를 짓게 돼. 본래 혁명에 의해 쓰러졌어야 할 자들, 하지만 겉으로만 그 모습을 바꾸고 여전히 기득권을 누리며 살아가는 자들……. 국내외에서 다양한 자들이 접근하는 거야. 그리고 결국 시스템은 유지되지. 무시무시할 만큼 탄력적인, 아무리 찢어발겨도 다시 원래로 되돌아오는 이 세계의 시스템이야. 혁명은 대부분의 경우, 민중의 가스를 빼주는 것에 불과해.”

“…… 당신은?”

“다시 들끓게 하기 위해 그 시스템에 주목했어. 그걸 산산조각 내려고.”

“…… 평등을?”

기자키가 소리 높여 웃는다.

“설마. 그런 시시한 것에는 관심 없어. 내가 보고 싶은 건 들끓는 거야. 너도 한번 지켜봐. 꽤 유쾌하거든. 철저히 공격당한 가진 자들이 그 가진 것을 끌어안고 우왕좌왕하는 모습.”

기자키의 지시로 다시 좁은 골목길로 들어선다. 안개가 서린 어둠 속에 창고 같은 건물이 늘어서 있다.

“그 밖에 다른 질문은? 이제 끝인가?”

“하세가와는…….”

“그자는 네가 아는 하세가와가 아니야. 그 형이지.”

“…… 뭐라고?”

"이복형이야. 그자는 네가 그 아동 시설에 들어갈 무렵에 어느 집에 양자로 보내졌어. 내가 너를 알게 된 것도 그자가 아동 시설에 있었던 시절의 명부를 우연히 발견했기 때문이지. 그곳에 입소한 쇼타라는 이름의 아이, 그리고 그 아이에게 돈을 쏟아부으며 기묘한 일을 하던, 마찬가지로 그 아동 시설 출신의 여자."

눈앞이 문득 가물가물하다.

"네가 도망치려고 할 때를 대비해 그자를 너에게 보냈어. 도와줄 거라는 기대를 품고 그 녀석을 찾아갔는데 그 자리에 내가 떡하니 나타나면 아주 유쾌하잖아?"

남자가 피식 웃는다. 문득 쓸쓸함 비슷한 감정의 흔들림이 내 안을 스쳐 간다.

"하지만 그에게서 그런 내색은 전혀……."

"그자는 어떤 인격으로도 변할 수 있어. 거짓말하는 버릇을 타고난 녀석이지. …… 특히 남을 친절하게 도와주는 것이 가장 큰 쾌락이라더군. 그 뒤에 이어질 파괴를 기대해서 그런 게 아니야. 남을 도와주는 자신의 선량함 자체에 도취하는 모양이야. 하지만 그러다가 상대가 구원을 받으면 그자는 엄청난 분노를 느끼는 거야. 어째서 계속 불행하지 않으냐고. …… 그래서 너덜너덜하게 파멸시켜버려. 자신이 친절하게 해준 몫만큼. …… 생김새는 멀쩡한데 말이야.”

뒤틀린 사람들. 이곳은 지나치게 뒤틀려 있다. 하지만 그것은 내 뒤틀림이 끌어들인 것들인지도 모른다.

“무척 유쾌해. 몇 가지 케이스가 있었어, 가지를 쳐나간, 하지만 전체적으로는 똑같은 거대한 한 방향. …… 네가 여기까지 버텨낸 것은 놀랄 만한 일이지만, 하지만 여기가 마지막이야. 배신을 거듭하며 여기까지 오긴 했어도 결국 너는 이 세계 밖으로 나가지 못했어. …… 저 모퉁이에서 차 세워.”

어둠 속에 가라앉은 듯한, 창고뿐인 콘크리트 지면. 조금 떨어진 곳에 선착장이 있다. 바다 냄새. 항구였다. 아득히 멀리, 등대 불빛이 희미하게 보인다. 암흑 속에서 배를 인도해주는, 덫인지도 모를 강한 빛.

내려선 자동차의 차체에 등을 떠밀린 채 나는 눈앞에 선 기자키를 바라본다. 나는 그렇게 서 있는 것밖에 아무것도 할 수 없다. 기자키가 오른손에 든 권총으로 내 이마를 직접 겨누었다. 아마도 내 이마의 정중앙을 겨누었을 것이다.

"너는 운명을 믿어?"

주위에 아무 소리도 없다. 우리 이외에 사람은 없다. 단지 그자의 목소리만 들려온다.

"네 운명을 내가 쥐고 있었을까. 아니면 내게 쥐어 잡히는 것이 너의 운명이었을까. …… 하지만 그건 원래부터 똑같은 것이라고 생각하지 않아?"

기자키가 내 가슴의 중심에 손을 얹는다.

"이거야, 지금까지 너라는 인간을 움직여온 이 심장, 생명의 중심에서도 가장 한복판에 있는 이 심장, 그것이 지금 네 인생에서 가장 거칠게 뒤흔들리고 있어. 살고 싶다고, 제발 그러지 말아달라고 말이야."

내 심장의 두근거림을 움켜쥔 자의 팔뚝을 타고 내 안의 모든 것이 그자 안으로 흘러나가는 것 같다.

"이 총을 쏘느냐 마느냐. 이 세계의 온갖 인간을 사로잡은 운명이라는 것이 있다고 치면, 지금 내 의식은 세계의 그 거대한 운명의 섭리와 일체가 되어 있어. 하하하하! 내 의식이 지금 너의 일생을 좌지우지하는 그 운명의 힘 자체와 일체가 되었단 말이야. 이 압도적이고 용서 없는 섭리와 내가! 쏘느냐 마느냐. 견딜 수 없이 유쾌하지, 이 순간은!"

기자키가 갑자기 얼굴을 가까이 들이댄다.

"…… 아니면 내 장난감이 되어볼래? 나를 너에게 홀딱 빠져들게 해볼 거야? 너의 모든 것으로?"

남자의 등 뒤에 가득 찬 달이 있었다. 그것은 빨갛게, 왜 그런지 어떻게도 할 수 없을 만큼 빨갛게 빛났다. 문득 전에 그의 입술이 닿았던 내 입술이 발버둥 치듯이 뜨거워진다. 열기가 내 몸에 강하게 퍼져간다. 이런 상황인데도 나의 열기는 내 목숨 따위 어떻게 되건 상관없을 만큼, 스스로 의지를 가진 것처럼 한없이 격렬해진다. **네 안에**. 나는 돌연 그 말을 떠올린다. 그것은 눈앞의 달이 말한 것도, 내 안에서 나온 것도 아니다. 몸이 뜨겁다. 시야가 흐릿해질 만큼 숨이 쉬어지지 않는다. 지금 나는 그 말을 의식적으로 머릿속에 떠올리려 하고 있다. 달이 강한 빛을 계속 내뿜는다. 달이, 정말로, 어떻게도 할 수 없을 만큼 강한 빛을 계속 내뿜는다. **이 남자의 아이를, 네 안에.**

그때, 나는 멍하니 달을 바라보면서, 내 안의, 이 열기를 감지하면서, 지금까지의 내 인생을 머릿속에 떠올렸다. 마치 나의 자그마한 인생 자체가 이곳에 도달하기 위해서만 존재했다는 듯이. 나의 내면이며 나의 상처가 모두 조그만 필연이었다는 듯이. 이를테면 저 멀리 보이는 배 위에서 이 남자가 내 몸을 다정하게 쓰다듬는다. 다양한 인간들에게 잔혹하게 치켜들었던 피범벅의 손이 내 몸만은 다정하게 쓰다듬는다. 벌어진 내 입에 그의 혀가 들어온다. 나는 하나씩 하나씩 옷이 벗겨진다. 땀에 젖은 굵직한 팔뚝으로 내 몸을 휘감고, 남자의 무거운 체중을 나는 온몸으로 감지한다. 깊숙이 안겨서, 나를 필요로 하는 가득한 감각 속에서, 남자가 내 안에 들어온다. 치솟으며, 거세게, 강하게, 나를 망가뜨릴 정도로. 나는 헐떡이면서 남자의 등에 내 팔을 휘감고, 남자가 하기 쉽도록 내 다리를 넓게 벌리고 좀 더 안으로 남자를 들인다. 내 몸 때문에 남자가 쾌락에 휩싸인다. 나는 몇 번이고 몇 번이고, 불이 붙은 듯, 간다. 새로운 생명의 탄생을 축하하는 축제처럼. 나는 눈물을 흘린다. 남자는 나를 들쳐 올리고, 나는 울면서 남자에게 매달린다. 남자는 완전히 내 깊은 속에 도달한다. 언제까지고, 언제까지고, 계속 도달한다. 남자가 저도 모르게 긴 숨을 흘린다. 남자의 정액을, 나는 남자의 어깨를 붙잡으면서, 남자의 모든 것을 몸 안으로 받아들인다. 몇 번이고 몇 번이고, 나는 받아들인다.

그리고 남자가 이 세계의 중핵을 잡았을 때, 나는 이 남자를 죽이는 것이다. 나의 아이를 이 검은 세계의 왕으로 삼기 위해. 그 느닷없는 거대한 배신에 내 몸은 번뜩이는 불처럼 뜨거워지리라. 평범한 인생에서는 결코 맛볼 수 없을 정도로 뜨겁게. 그 순간 나는 이 세계에서 가장 아름답게 빛난다. 이 남자의 사체 옆에서, 누구보다도, 무엇보다도, 나는 아름답고 자유롭게 빛난다. 나는 그 순간을 손에 넣는다. 이 세계의 모든 것을 내 발밑으로 내려다보는 압도적인 검은 광채를. 그 열기를. 다양한 것을 뒤엎는 그 순간을. 이 세계에 우뚝 선 잔혹하고 자긍심 높은, 압도적으로 아름답게 번뜩이는 강력한 흑(黑)을.

"하지만……."

갑작스럽게 눈물이 흐른다. 아니야, 라고 나는 생각한다. 그게 아니라고 나는 감지한다. 눈물이 계속 흐른다. 나는 코

앞에서 내게 권총을 들이대고 있는 남자에게 말한다.

"하지만 당신의 여자가 된다면 나는 참혹하게 살해될 거야. …… 지금 살해되는 것보다 분명 훨씬 잔혹한 방법으로……. 모든 일이 내 생각대로 될 리가 없어. 이를테면 당신의 아이만 남겨둔 채 나는 당신 손에 부조리하게 살해된다는 식으로. 도달하지 못한 것을 바로 눈앞에 두고서, 그것을 눈앞의 상상만으로 애를 태우면서……. 지금까지의 내 인생은 마치 당신의 아이를 낳기 위해서만 존재했다는 것처럼, 그 역할을 마침내 끝냈다는 것처럼."

남자가 나를 계속해서 응시한다.

"…… 어쩌면 그럴지도 모르지."

고개를 가로젓는다. 나는 계속 고개를 젓는다. 불만을 폭발시키는 어린애처럼, 떼를 쓰는 젖먹이 아이처럼. 남자가 엄지손가락으로 천천히 격철을 당긴다. 총을 쥔 팔에 힘이 들어간다.

"…… 마지막으로 한 가지, 기억해두는 게 좋아. 네가 가장 갖고 싶다고 생각했던 것이 반드시 네가 가장 갖고 싶은 것이라고는 할 수 없다는 것. …… 인간이란 그런 것이야."

기자키의 어깨에 힘이 들어간다. 나는 그 뜻밖의 움직임에 뭔가 말을 하려고 해도 목소리가 나오지 않는다. 거짓말이라고 생각한다. 다 알면서도 거짓말이라고 느낀다. 나는 뭔가 외치려고 다시 한 번 목에 힘을 준다. 이 소리는 폭발음일까. 달이 보이지 않는다. 귀가 뜨겁다. 나는 왠지 아직도 눈앞의 기자키를 보고 있다.

"…… 냉정하게 생각해봐. 내가 너 같은 인간을 굳이 죽일 거 같아?"

기자키가 웃고 있다. 나는 멍하니 선글라스 안쪽에 있는 남자의 가느다란 눈을 바라본다. 귀에 조금 흐르는 것은 피일까. 뭐가 뭔지 알 수가 없다.

"네 목숨을 살려주기로 하겠어. 네 인생과 맞바꾸어서."

기자키가 총을 든 팔을 내린다. 온몸의 힘이 스르륵 빠져나가고 내 몸이 풀썩 주저앉는다. 어깨가 떨린다. 나는 힘이 주어지지 않는다.

"너에게 이번 사건의, 몇 가지 우리 쪽의 자잘한 범죄를 덮어씌워야겠어. …… 이미 죽은 사람으로 말이야. 우리가 관계되었다는 것을 애매하게 하기 위해서, 이야기의 앞뒤를 맞추기 위해서.”

나는 아직도 멍한 채 다리에 힘을 주려고 한다.

“네 인생을 내가 다시 쓰겠어. 너의 과거까지 거슬러 올라가서. …… 다양한 사건의 이면에서 활동하다가 아름답게 죽은 창녀의 이야기로. 우리의 몇 가지 범죄를 너에게 뒤집어씌우면서. …… 너는 지금까지의 너의 인생 모두를 상실하게 돼. 목숨만 남기고.”

저 멀리 달이 있다.

“너의 사체를 남기기보다는 네가 손에 넣은 그 여권으로 딴사람이 되어서 자취를 감추는 편이 우리에게도 더 유리한 상황이야. …… 하지만 너의 목숨에 대한 집착은 어처구니없는 부분이 있어. 너는 재미있어. 그 집착을 봐서 살려주지.”

달이 왠지 조용해져 있다. 조금 전까지의 빛이 마치 일시적인 것이었다는 듯이. 멀리서 선박의 엔진 소리가 난다. 바다가 출렁이고 있다. 차가운 바람을 뺨이며 목덜미로 감지하는 나 자신을 깨닫는다. 몸이 아직 떨리고 있다. 나는 일어설 수가 없다.

"아무 의미도 없는데, 아무 이유도 없는데 나는 도망쳤어. 나는……."

"이유라면, 있었잖아? 시시해빠진 이유. …… 복수였어. 그 아이가 죽은 것에 대한."

기자키가 나를 차갑게 바라본다.

"목숨이라는 것을 지키지 못했던 네가, 부조리하다는 것을 바보처럼 증오한 네가, 자신에게 떨어진 부조리 그 자체에 대해 저항했다는 얘기야. …… 네 것이긴 하지만 여기서 또다시 목숨이라는 것이 파괴된다면 뭔가에 패배해버린다는 식으로 생각한 거지."

"…… 나는 그 아이를 구해내지 못했어."

"시시한 소리."

기자키가 귀찮다는 듯이 내뱉는다.

"길고 짧은 게 문제가 아니야. 네가 떠들어대는 바람에 그 시시한 어린애는 일시적으로 회복했어. 그토록 비참했던 꼬맹이가, 이 세계에서 다시 한 번 두 다리로 일어섰고, 제삼자에게서 너의 존재는 이 세계에 반드시 필요하다는 말을 들었겠지. 회복의 희망까지 가슴에 품고서 말이야. 길고 짧은 게 문제가 아니야. 중요한 건 이 세계의 다양한 요소를 어떻게 맛보느냐 하는 것이야.”

“…… 그 비슷한 말을 나는 예전에 당신의 극악한 이론에서 들었어.”

“모든 것은 표리일체니까. …… 그러니까 너는 그 꼬맹이의 죽음에 대한 슬픔을 히죽히죽 웃으면서 즐기면 돼. 어린 애의 죽음이라는 건 꽤 괜찮은 것이거든.”

“그런 짓은 못해.”

저만치 떨어진 창고 뒤쪽에 몇 대나 되는 자동차가 보인다. 라이트를 아래로 향한 채 이쪽으로 다가온다.

“건너편까지 너를 배웅해줄 예정이었다만. …… 그 차는 너 좋을 대로 써라.”

기자키가 그렇게 말하고 나에게서 멀어진다.

“잠깐. …… 정말이야?”

차들이 서서히 다가온다.

“똑같은 말을 몇 번씩 반복하게 하지 마. 애초에 내가 너의 목숨 따위에 집착할 거라고 생각해? …… 자신을 너무 과대평가하는군.”

남자는 더 이상 나를 쳐다보지 않는다.

"어딘가에서 은밀하게, 나에게 감사라도 하면서 지내. …… 하긴 감사는 안 하겠군. 내가 네 인생을 빼앗았으니."

기자키가 귀찮다는 듯이 말을 잇는다.

"네 인생을 빼앗은 나는 대체 무엇이었는가. 찬찬히 생각해본다면 좋을 거야. …… 한동안 숨어 있다가 여열이 식은 뒤에 이 나라를 떠나. 여권만으로는 딴사람이 될 수 없어. 다른 서류는 내 부하에게 준비해달라고 해. 마지막까지 어떻게든 버텨낸 너의 유쾌한 꼴을 높이 쳐주어서, 게다가 야다의 파멸에 협조해준 데 대한 감사의 뜻으로. …… 어서 가. 뭔가 불만이 있다면 다시 내 앞에 나타나봐. 너라면 심심풀이로 놀아줘도 괜찮겠지. 다음번에는 죽여도 좋고."

"…… 당신은 어떻게 할 거지?"

"어떻게도 하지 않아. 다시 쇼로 돌아갈 거야."

남자가 나른하게 등을 돌린다. 더 이상 나를, 한 번도 돌아보지 않겠다는 것일까.

"…… 하지만 뭔가를 달성했다고 해도 당신은 허망함을 느낄 뿐이야."

"넌 아무것도 모르는군."

기자키가 돌연 웃는다.

"그때는 허망함을 즐기면 되잖아. …… 그것이 이 세계의 대답이야."

남자가 검은 차 쪽으로 걸어간다. 뒤에 남겨둔 나를 돌아보는 일도 없이.

이런 광경이 희미하게 기억나는 것을 깨닫는다. 누군가의 뒷모습을, 뒤에 버려진 조그마한 내가, 말도 제대로 하지 못했던, 아직 정말로 작았던 내가 조용히 바라보았던 기억. 그것은 조금씩 내 안에 흐늘흐늘 나타났다. 아마도 내 인생의 시작이었을 그 조용한 풍경.

마치 인생의 처음과 끝이 이런 풍경으로 맞춰서 끼워져 있었던 것처럼. 기묘한 뭔가의 순환처럼.

18

밤의 공항. 많은 사람이 있다.

나이프를 들고 비행기에 탈 수는 없다. 맡긴 여행 가방 속에 슬쩍 넣었지만, 괜찮을까. 어디에 쓸 것도 아니면서 손 맡에 없으니 불안하다. 뭐랄까, 앞으로 살아갈 자신까지 없어진다.

탑승구의 대합실 텔레비전에서 반복적으로 뉴스가 흐른다. 다시 고위직 공무원 몇 명이 자살했고, 복수의 국회의원이며 지방 의원, 그런 자들의 자살과 사직도 줄을 잇고 있다. 일본에 주재하는 몇몇 나라의 대사도 부자연스럽게 교

체되고, 주가와 엔화 환율이 부자연스럽게 오르내리고 있다. 몇몇 재계 인사가 행방불명이 되었다. 아나운서가 열을 내어 뉴스를 보도한다. 야다는 살아 있을까. 뉴스 방송을 보며 멍하니 생각한다. 그 사람은 야다가 죽을 거라고 말했지만 왠지 나는 그가 살아 있을 것 같다. 야다는 쉽게 죽을 사람이 아니다. 아마도 어딘가에 모습을 감추고 침묵하면서 뭔가를 기다리고 있을 것 같다. 무엇을 기다리는지는 모르겠지만, 왠지 그럴 것 같다.

목이 말라서 자동판매기에서 캔 홍차를 샀다. 대기 중인 거대한 비행기 기체 너머로 약간 기울어진 달이 빛을 내뿜는다.

그때의 달은 무엇이었을까. 나는 멍하니 생각한다. 나의 망상일까. 공포와 피로에 휩싸인 몸에 느닷없이 찾아온 환상. 그게 아니면 뭔가 나를 찾아왔고 나는 그것을 거부했던 것일까. 내가 줄곧 보았던 달. 그 빛은 선인지 악인지, 모르겠다. 아마도 그중 어느 쪽도 아닌 것이리라, 하고 나는 생각한다. 다만 달은 혼돈의 빛을 내뿜고 있을 뿐이다. 요요하게, 강하게. 그것은 분명 선도 악도 아니다. 이 세계의 법칙

이 선만은 아닌 것과 마찬가지로.

이제부터 날이 갈수록 조금씩 기울다가 달은 이윽고 자취를 감춘다. 마치 스스로의 에너지를 더 이상 견딜 수 없게 된 것처럼. 옛사람들은 달이 사라질 때마다 불안해하며 재생을 기원하는 제를 올렸다. 달은 다시 모습을 드러낸다. 초승달보다 더 가늘게, 하지만 확실하게 반짝이는 빛으로. 그래도 옛사람들은 마음을 놓지 못했다. 그 여린 빛이 하루하루 가득 차는 것과는 반대로, 다시 사라질지도 모른다고 두려워했기 때문에. 그래서 다시 제를 올렸다. 자신들이 안도할 때까지.

느닷없이 어디선가 남자가 나타나 나를 총으로 쏠지도 모른다. 지금도 멀리서 누군가 이쪽을 지켜보는지도 모른다. 나는 아직 살았다고는 할 수 없다. 새 이름은 그자에게 알려져 있다. 그쪽에 도착하면 다시 또 다른 신분을 손에 넣지 않으면 안 된다.

그즈음에는 새 달도 보일까. 나는 그자에게 내 인생을 빼앗기고 지금 이렇게 앉아 있다. 엄청난 것이 스쳐 간 지금의 나는 아직 제대로 몸에 힘이 주어지지 않는다. 멀어져가던 그자의 뒷모습이 떠오른다. 그때 느낀 피로 같은 슬픔은 무엇이었을까. 마치 내 인생의 본질적인 풍경에 끼워진, 하나의 상실된 이야기를 보고 있는 것처럼. 지금의 내가 다시 그 풍경에서부터 시작된 것처럼. 하지만 지금의 나는 이미 어린애가 아니다. 나는 살 수밖에 없다. 남은 것은 이제 이 목숨뿐이다. 재생, 이라고 생각하다가 피식 웃는다. 버려진다는 것은 자유와 똑같은 뜻이다. 나는 이번에는 내 손으로 자유로워졌을 터였다. 이 질식할 것 같은 세계에서 발버둥치는 모든 사람들에 대해 뭔가 할 수는 없을까. 아직 알 수는 없지만 뭐든 좋다, 쇼타 같은 어린아이에게 떨어진 운명을 배신해주는, 나다운 뭔가를.

그리고 언젠가 도쿄에 돌아올 수 있다면 나는 다시 거리를 걸을 것이다. 내 나이프를 가져간 그 손가락 긴 남자를 머릿속에 떠올린다. 만일 그 사람을 다시 만날 수 있다면, 내게 일어났던 일을 그에게 이야기해도 좋을지 모른다. 그는 무슨 말을 할까. 그의 이야기도 내게 들려줄까.

나는 무엇에 번롱당하고, 무엇을 배신하고, 무엇으로부

터 도망친 것일까.

이제부터 나는 새로운 시간을 쌓아가야 한다. 그 시간 앞
에 또다시 그런 것이 찾아온다면 나는 그것을 붙잡을까.

느닷없이 정장 차림의 남자가 걸어온다. 왜 그런지 그 큼
직한 남자는 내 시선을 끌었다. 숨을 꿀꺽 삼킨다. 심장의
두근거림이 흐트러진다. 남자는 모퉁이 쪽으로 돌아설 기
척도 없이 똑바로 이쪽을 향해 다가온다. 어떻게 할까, 생각
할 여유는 없다. 가방을 들고 자리를 뜨려고 했을 때, 남자
에게 손을 흔드는 여자의 모습이 보였다. 남자는 여자를 데
리고 북적거리는 매점으로 들어간다. 한숨을 토해냈다. 내
가 보인 다급한 움직임에 앞에 앉은 노인이 슬쩍 시선을 던
진다. 어쩔 수 없다. 한참 동안 나는 계속 이런 식일 것이다.

대각선으로 앞쪽에 앉은 아이가 울고 있다. 어머니에게
뭔가 사달라고 졸랐지만 통하지 않았다. 어머니는 못생겼
지만 그 아이는 예쁜 얼굴이다. 아이와 눈이 마주친다. 그
울고 있는 얼굴이 우스꽝스러워서 나는 슬그머니 웃었다.
쇼타를 닮았구나, 라고 생각하려다가 전혀 닮지 않은 것을

깨닫는다. 어머니가 화장실에 간다. 아이는 아직 울고 있다.

나는 자리에서 일어선다. 조금 휘청거리는 몸을 신중하게 움직여 아이를 향해 눈높이를 맞추기 위해 웅크린다. 아이는 놀라서 이상하다는 표정으로 나를 바라본다. 그도 그럴 것이다. 완전히 지쳐버린 이런 화려한 차림의 여자가 갑자기 나타났으니까. 하지만 아이는 울음을 그칠 기색이 없다.

아이의 시선을 따라 자동판매기 쪽을 슬쩍 돌아보다가 내 손에 든 홍차를 보았다.

"이거, 줄까?"

내 말을 듣고 아이는 표정이 굳은 채 홍차를 향해 작은 손을 내밀다가 아직은 머뭇거린다. 나는 미소를 짓는다. 몸에 따스함이 퍼져간다.

"…… 괜찮아. 독약은 아니니까."

작가 후기

이 이야기는 나의 열번째 소설이다.

『쓰리』라는 소설을 집필하던 때, 그 이야기의 속편이라기보다 자매편을 쓰고 싶다고 생각했다. 어느 쪽을 먼저 읽어도, 혹은 어느 한쪽만 읽어도 재미있게 즐길 수 있는 그런 작품.

만일 이 소설이 마음에 들었다면 『쓰리』도 읽어주시면 기쁘겠다. 여러 가지로 연결되는 부분이 있어서 꽤 재미있을 것이라고 생각한다. 이건 어디까지나 지은이의 희망에 지나지 않지만.

『쓰리』와 각 장(章)의 수도 똑같고 페이지 수도 두 페이

지밖에 차이가 나지 않을 만큼 거의 동일하게 나온 것은 완전한 우연이었다. 마치 이 두 편의 소설은 애초부터 그렇게 쓰였어야 했다는 듯이. 소설을 쓰다 보면 때때로 이런 신기한 일이 생기기도 한다.

처음에 열번째 소설이라고 간단히 말했지만, 10이라는 숫자에 감개무량한 점이 있다. 어떤 마디가 되는 작품이 마침 이 소설이어서 참으로 좋았다.

이 책에 관여해주신 여러분께, 읽어주신 모든 분께 감사드린다. 독자 여러분이 줄곧 나의 버팀목이 되어주셨다.

정말 고맙습니다.

2011년 9월

나카무라 후미노리

고구레 사진관(전2권) 미야베 미유키 장편소설 | 이영미 옮김

사람들은 이야기하고 싶어 한다, 마음속에 숨겨둔 비밀을. 심령 사진이라는 소재를 토대로 사진에 등장하는 인물들의 사연이 흥미롭게 전개되고, 그를 파헤치는 주인공인 16살 에이이치 자신과 가족의 이야기가 거대한 감동을 선사한다.

노래하는 고래(전2권) 무라카미 류 장편소설 | 권남희 옮김

무라카미 류가 그린 22세기 디스토피아. 최악의 성 범죄자의 격리 시설이 있는 신데지마 섬에서 태어난 아키라가 자신의 아버지가 발견한 불로불사 유전자에 관한 비밀 정보를 요시마쓰라고 하는 최상층의 권력자에게 전달하기 위해서 여행을 떠난다.

죽지그래 교고쿠 나쓰히코 장편소설 | 권남희 옮김

누구에게나 지옥은 있다! 인간이라는 존재의 심연, 그 가장 깊은 곳에 숨겨진 개인적인 지옥이 드러났을 때 당신은 과연 어떻게 대처할 것인가. 불평과 불안, 이유도 핑계도 많은 당신 앞에 들이미는 인생이라는 게임의 레드카드!

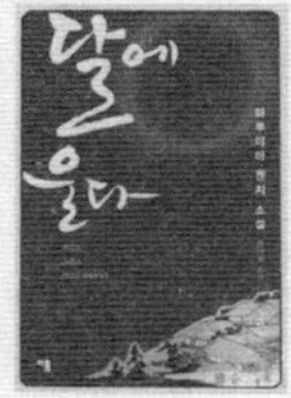

달에 울다 마루야마 겐지 소설 | 한성례 옮김

도망칠 수 없는 운명을 노래하기 위해 천 개의 시어(詩語)로 써진 한 편의 소설. 1966년 최연소 아쿠타가와 상 수상 작가 마루야마 겐지가 시와 소설의 중간적 장르를 갈구하다 이 작품에 이르러 비로소 '시소설'이라는 새로운 장르를 일구어냈다.

악화 시마다 마사히코 장편소설 | 양윤옥 옮김

빈부 없는 사회를 지향하며 위조지폐를 만들어낸 천재 비즈니스맨과 '돈 세탁 미녀'라는 이상한 이름을 가진 여자 보석상의 이야기. 위조지폐를 무기로 하이퍼인플레이션을 일으켜 자본제와 국가를 괴멸시키려고 하는 혁명가 남성의 파멸에 이르기까지의 모습이 붕괴해가는 일본 경제를 배경으로 그려진다.

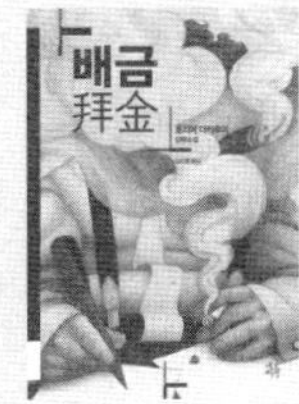

배금 호리에 다카후미 장편소설 | 김소영 옮김

전 세계를 떠들썩하게 만든 '라이브도어' 사건의 주인공 호리에 다카후미의 실화. 일본 출간 당시 '청춘 경제 소설'이라는 타이틀을 얻었을 정도로 젊은 감각으로 무장된 소설이다.

가와바타 야스나리 상 수상 작품집
아오야마 고지 외 | 양윤옥 옮김

그해의 가장 완성도 높은 단편에게 주어지는 가와바타 야스나리 문학상 수상작품 7편을 모았다. 이나바 마유미, 다나카 신야, 쓰지하라 노보루, 아오야마 고지, 구루마타니 조키쓰, 이와사카 게이코, 호리에 도시유키의 작품이 실려 있다.

퀀텀 패밀리즈 아즈마 히로키 장편소설 | 이영미 옮김

2010년 미시마 유키오 상 수상작. 본질적인 고독으로부터 벗어나고자 하는 욕망, 가족이라는 관계 안에서 진정한 행복을 찾고자 하는 욕망을 평행세계라는 물리적 이론, 그리고 시간여행이라는 SF적인 요소를 통해 풀어낸다.

왕국

© 나카무라 후미노리, 2013

초판 1쇄 인쇄일 | 2013년 4월 5일
초판 1쇄 발행일 | 2013년 4월 20일

지은이 | 나카무라 후미노리
역 자 | 양윤옥
펴낸이 | 강병철
주 간 | 정은영
책임편집 | 황여정
편 집 | 박소이 최민석 이수지
마케팅 | 장성준 박제연 이동후 남성진 전연교
E-사업부 | 정의범 김혜연

펴낸곳 | (주)자음과모음
출판등록 | 2001년 11월 28일 제313-2001-259호
주 소 | 121-840 서울시 마포구 서교동 396-33
전 화 | 편집부 (02)324-2347, 경영지원부 (02)325-6047
팩 스 | 편집부 (02)324-2348, 경영지원부 (02)2648-1311
E-mail | munhak@jamobook.com
Home page | www.jamo21.net
독자카페 | cafe.naver.com/cafejamo

ISBN 978-89-5707-733-7 (03830)